AF582679

Antonio Tentori

La sospensione dell'incredulità

Titolo: *La sospensione dell'incredulità*,

CatBooks Publishing, Roma

(...) *è stato convenuto che i miei sforzi dovrebbero essere diretti a persone e personaggi soprannaturali, o almeno romantici, ma in modo da trasferire dalla nostra natura interiore un interesse umano e una parvenza di verità sufficienti a procurare per queste ombre dell'immaginazione quella sospensione volontaria dell'incredulità momentanea che costituisce la fede poetica.*

Samuel Taylor Coleridge

1
Tabula rasa

Primavera 1980
Un paese dell'entroterra palermitano
Era una giornata mite e serena. Il sole illuminava la processione che si snodava lenta lungo la via principale del piccolo centro cittadino. In testa il parroco e un sacerdote, seguiti dai chierichetti, poi avanzava un gruppo di incappucciati neri e in mezzo a loro la grande e colorata statua della Madonna, trasportata da sei uomini robusti. Infine veniva un folto gruppo di donne vestite di scuro, seguite dal resto della popolazione.
Don Peppino Barresi estrasse da un taschino un candido fazzoletto di lino e si asciugò la fronte imperlata di sudore. Si guardò attorno, compiaciuto. Anche quell'anno la processione era stata organizzata alla perfezione. Ci teneva molto alle ricorrenze religiose, soprattutto quella del giorno dedicato alla Madonna. Sorrise alla moglie, che camminava al suo fianco e vide che ormai mancava poco all'arrivo in chiesa. Non si accorse che uno degli incappucciati si era staccato dagli altri e con calma si stava avvicinando a lui.
«Baciamo le mani, don Peppino...» mormorò sotto il cappuccio nero, quando gli fu accanto. Don Peppino si

girò, leggermente stupito, e una lama guizzò fulminea, abbattendosi ripetutamente sul suo petto. L'incappucciato scomparve rapido in una viuzza laterale. Don Peppino barcollò, le mani contratte sulla ferita sanguinante. Solo allora la moglie si rese conto di quello che era successo. Urlò atterrita, mentre suo marito crollava sul selciato. La processione si arrestò. Nella confusione generale, un medico si fece strada e si chinò sull'uomo ferito a morte. Ma non c'era più niente da fare per Don Peppino Barresi, potente e temuto capo clan, che si diceva colluso con i servizi segreti e il terrorismo.

Venezia

Il motoscafo solcava veloce le acque della laguna veneziana. Quindi si inoltrò nel dedalo dei canali, fino ad arrestarsi davanti a un antico palazzo nobiliare. L'autista spense il motore e tre uomini uscirono dalla cabina. Forzarono il portone d'ingresso e scivolarono silenziosamente all'interno dell'edificio immerso nell'oscurità. Uno di loro rimase di guardia sulle scale, gli altri salirono. Leonardo Santi si versò una tazza di tè in cucina, quindi tornò nel suo studio, sorseggiandolo. Era agitato. Si sedette su una poltrona e aprì un quotidiano: in prima pagina spiccava la notizia dell'uccisione di Don Barresi. Lesse l'articolo. Un rumore improvviso lo spaventò. Il tè che stava bevendo traboccò dalla tazza, bagnando la giacca. Il colonnello si alzò, inquieto. Si affacciò nel corridoio e in quel momento venne stordito e afferrato dai due uomini. Trascinato su un divano, cercò vanamente di liberarsi. Un sicario lo teneva fermo, l'altro gli sparò a bruciapelo sulla tempia. Il colonnello morì senza un grido e subito dopo la pistola gli venne messa in pugno. Per simulare il suicidio di Leonardo Santi, colonnello dei servizi segreti.

Milano

Marta salì in fretta le scale che portavano al suo monolocale sui Navigli. Aprì la porta e la chiuse alle sue spalle. Chiuse gli occhi e le sfuggì un lungo sospiro di stanchezza. Paolo non aveva voluto dirle niente, soltanto che doveva prendere il primo treno utile e raggiungerlo a Roma, dove le avrebbe spiegato cosa stava accadendo. Non poteva credere che qualcosa o qualcuno li minacciasse. Non era possibile. Comunque doveva sbrigarsi, andare subito alla stazione.

Cominciò a riempire uno zaino di vestiti, poi entrò nel piccolo bagno. Una mano le tappò la bocca, mentre veniva spinta contro il box della doccia. Con gli occhi sbarrati dal terrore Marta vide davanti a sé due uomini, quello che la immobilizzava e un altro, che stava inserendo un liquido incolore in una siringa. Marta tentò di gridare, ma dalla bocca le uscirono solo degli indistinti mugolii. Un braccio le venne scoperto e il liquido fu iniettato. Poi fu lasciata libera e i due killer se ne andarono. Marta fece un passo, ma la testa le girava. Scivolò lungo la parete. Il suo ultimo pensiero fu per Paolo, che l'aspettava a Roma.

Roma
Laghetto dell'Eur
Paolo Adriani fissava l'acqua del laghetto artificiale, senza in realtà vederlo. La sua mente era altrove, scossa da lugubri notizie. Prima Don Barresi, poi il colonnello Santi e per ultimo l'incursione della polizia in un campo paramilitare, dove c'era stato un conflitto a fuoco con alcuni morti. Si respirava un clima di sospetti, tradimenti, doppi e tripli giochi, dove ormai nessuno si fidava più di nessuno. Adriani sapeva che anche lui stava rischiando, perché il suo era uno dei nomi che giravano nell'ambiente come presunto informatore dei servizi segreti e dei carabinieri. Intanto Marta non si faceva vedere. Il laghetto era il luogo del primo appuntamento, adesso doveva passare necessariamente al secondo.

La cripta dei Cappuccini accolse Paolo Adriani nel suo silenzio assoluto. L'uomo si mosse a disagio in quel particolare luogo sacro, cercando con lo sguardo Marta tra i pochi turisti. Nonostante il pericolo che avvertiva attorno a sé, restò suo malgrado affascinato da ciò che vedeva. I teschi e gli scheletri incombevano ai suoi lati, come se volessero ammonirlo. Marta non c'era neanche lì. Comprese che non sarebbe venuta. Doveva esserle successo qualcosa a Milano, che le aveva impedito di prendere il treno. Adriani lasciò la cripta e uscì su via Veneto. Fermò un taxi e salì. Subito dopo una moto con un poliziotto in divisa si staccò dal marciapiede e seguì il taxi. La moto gli si affiancò facendo segno all'autista di fermarsi. Alla vista del poliziotto Adriani si irrigidì. Senza scendere, il poliziotto puntò una pistola contro il finestrino del passeggero ed esplose tre colpi consecutivi. Raggiunto dai proiettili al volto e al cuore, Paolo Adriani si accasciò sul sedile. La moto si allontanò, indisturbata.

2
Ora zero

Roma
Il salone era vasto e arredato in maniera asettica e moderna. Tre uomini sedevano attorno a un tavolo di cristallo. Uno di loro, alto e magro, si rivolse agli altri due.
«Allora siamo tutti d'accordo. Carelli rappresenta un problema.»
I suoi due interlocutori approvarono con un cenno del capo, poi uno chiese: «Che facciamo con Franco?»
L'uomo alto scosse la testa, con aria rassegnata.
«Al punto in cui siamo non possiamo più fidarci di lui. È diventato ingestibile e oltretutto sa troppe cose.»
Poi si alzò. La riunione era terminata.

Roma. Aeroporto di Fiumicino. Venerdì 6 giugno, ore 12
L'uomo con la ventiquattrore, vestito con un impeccabile completo grigio scuro, entrò a passi decisi nell'aeroporto, dirigendosi verso un bar. Ordinò un'acqua tonica, che sorseggiò lentamente, guardandosi attorno con indifferenza. Dal bar si spostò verso l'edicola e per sfogliare una rivista posò a terra la ventiquattrore. Poco dopo rimise a posto la rivista, guardò con noncuranza l'orologio che aveva al polso e raggiunse in breve l'uscita, scomparendo tra la folla.

La ventiquattrore era rimasta accanto all'edicola.

Ore 12.30.
Un boato. Un'immensa, devastante pioggia di fuoco. Corpi straziati, scaraventati in aria, smembrati, dilaniati dall'esplosione. Paura, incredulità, follia. Fumo, urla, lamenti.

Ore 14.
Daniela sbatté con violenza il telefono sul letto e accese una sigaretta, con le mani che tremavano. Fuori pioveva e il residence era già quasi immerso nel buio. Tutte le luci della camera da letto erano accese, il resto dell'appartamento si trovava nell'oscurità. La televisione trasmetteva uno speciale sulla strage all'aeroporto. Daniela afferrò il telecomando e spense il video con un gesto nervoso. In quel momento suonò il campanello della porta d'ingresso. Lei avvertì un brivido e per un attimo esitò. Il campanello suonò ancora. Si avvicinò in silenzio alla porta, guardò dallo spioncino, ma non vide nulla. Solo una indistinta sagoma scura.
«Sono io, Daniela...» disse una voce.
La donna aprì la porta e l'uomo alto e magro entrò nell'appartamento. Lei tentò di abbracciarlo, lui si ritrasse.
«Hai sentito?» lo aggredì subito.
L'uomo alto annuì, poi disse: «Mi stanno cercando. Qualcuno ha fatto il mio nome...».

Daniela lo guardò impaurita e indietreggiò d'istinto, mentre il visitatore estraeva una pistola dal giubbotto e la puntava contro di lei. Daniela continuò a indietreggiare nell'appartamento in penombra, fino alla camera da letto illuminata. Balbettò qualcosa, ma un proiettile la colpì al petto e la fece piombare sul letto. L'uomo alto le si avvicinò: Daniela non si muoveva più, un colpo era bastato. Il killer svitò il silenziatore e lo ripose all'interno del giubbotto, insieme alla pistola. Poi si accostò alla sua vittima e le strappò di dosso il vestito e la biancheria intima. Daniela era una bella donna, sui quaranta, ma ne dimostrava di meno. L'uomo alto mise a soqquadro la camera, allo scopo di simulare una rapina, quindi fece lo stesso con il resto dell'appartamento.
Nessuno l'aveva visto entrare, nessuno lo vide andarsene.

Ore 16.
Quattro uomini seduti in un bar all'aperto, tra di loro l'uomo alto. Tutti con occhiali da sole, vestiti eleganti, da professionisti. L'uomo alto diceva: «... e poi non si riesce più a rintracciare Carelli. È scomparso. Tu l'hai sentito, Franco?».
L'interpellato, un trentenne dal fisico asciutto con capelli castani e occhi azzurri, scosse la testa.
«Non lo vedo da una settimana, dal nostro ultimo incontro...».
L'uomo alto si aggiustò gli occhiali sul naso e lo fissò.

Franco sostenne lo sguardo tranquillamente. Poi l'uomo alto guardò gli altri due seduti ai suoi lati. Erano tutti tra i quaranta e i cinquant'anni. Dietro i loro occhiali da sole c'era il sospetto, la paura, il tradimento. L'uomo alto concluse, alzandosi: «Carelli è una mina vagante. Potrebbe diventare pericoloso. Bisogna assolutamente trovarlo».
I quattro si dispersero, ognuno per una strada diversa. Franco si allontanò, senza voltarsi. Ma sapeva che lo stavano fissando e presto uno di loro avrebbe cominciato a seguirlo.

Ore 17.
Nella libreria della stazione Franco aspettava Carelli. Non contava molto in quell'appuntamento, ma ormai era l'unica carta che gli rimaneva. Doveva assolutamente capire che cosa stava accadendo e che rischio stava correndo lui stesso, anche se già immaginava la risposta. L'uomo alto aveva intuito qualcosa, Franco ne era sicuro, ma al punto in cui si era arrivati non gli importava più niente. Sentiva il vuoto attorno a sé. Daniela era sparita, non rispondeva al telefono, non c'era più neanche la segreteria. Franco aveva paura per lei e, allo stesso tempo, sapeva di essere impotente. Non esisteva più nessuno di cui fidarsi, tutti tradivano, tutti agivano per conto di altri, giochi pericolosi che sarebbero finiti in un unico modo: nel sangue.
Franco ne era lucidamente consapevole, ma era disposto a tutto pur di salvarsi.

Ore 17.30.
Carelli gli passò accanto, lanciandogli una rapida occhiata d'intesa. Franco quasi non lo riconobbe, sembrava invecchiato di dieci anni. Lo seguì fuori dalla libreria, tenendosi a una certa distanza. Carelli camminava con le mani in tasca, un po' curvo nel suo vestito grigio scuro. Un uomo lo urtò d'improvviso, con violenza. Carelli barcollò, poi riprese a camminare, anche se più lentamente. L'altro sparì nella confusione della stazione. Franco vide Carelli piegarsi in due e poi scivolare a terra, le mani contratte sul torace coperto di sangue. Mentre qualcuno cominciava a gridare, Franco svoltò verso un'uscita e si infilò poco dopo in un taxi. Quando l'automobile si mosse, altre due vetture la seguirono.

Ore 19.
Franco riattaccò il telefono ed uscì dalla cabina. Sacco gli aveva dato appuntamento alle 21, davanti a un cinema del centro. Detestava Sacco, un giornalista ficcanaso che da tempo non aveva fatto altro che nominarlo nei suoi articoli d'inchiesta. Uno che cercava sempre piste, collegamenti, gruppi, nomi. Un mitomane, esaltato dal proprio lavoro che definiva di "passione civile", ma anche un vero esperto di terrorismo. Detestava Sacco, ma adesso aveva bisogno di uno come lui. Non gli avrebbe detto niente, non avrebbe fatto nomi, soltanto qualche "confidenza", qualcosa che bastasse a trattenere almeno per un po' i sicari dell'uomo alto. E permettere a lui di cambiare aria.

Ore 20.
«Dev'essere a casa». L'uomo alto, all'interno dell'automobile di grossa cilindrata, si era rivolto alla persona che sedeva al suo fianco. Questi annuì e scese dalla vettura. Sul marciapiede incrociò il sicario della stazione, quello che aveva ucciso Carelli. I due, vestiti come uomini d'affari, entrarono insieme in un palazzo signorile. L'automobile con l'uomo alto si allontanò. Quando Sacco aprì la porta dell'appartamento si trovò di fronte a due sconosciuti. Tentò di richiuderla, ma la porta si spalancò e il giornalista venne scaraventato a terra. I due killer erano su di lui: uno lo teneva fermo e l'altro gli mise un cappio attorno al collo. Sacco si dibatté vanamente, mentre i suoi carnefici lo strangolavano ridendo.

Ore 23.
Franco aveva aspettato Sacco per più di un'ora, evitando di farsi notare troppo, muovendosi nei dintorni del cinema. Ma del giornalista nessuna traccia. L'avevano sicuramente preso o neutralizzato, erano arrivati ancora una volta prima di lui. Come con Daniela, come con Carelli. Era da quella primavera che si stava allungando quella scia di morti misteriose. Rimaneva soltanto lui, adesso.

Ore 24.
Franco salì le scale del palazzo fatiscente dove ogni tanto abitava, in un quartiere periferico. In pugno stringeva una pistola. Giunto al terzo piano aprì piano la porta di

un appartamento e la richiuse dietro di sé. Non accese la luce perché nello specchio davanti alla porta aveva scorto una figura riflessa. Qualcuno lo stava aspettando. Franco si girò di scatto e sparò verso la sua sinistra, mentre alcuni colpi esplodevano a poca distanza dalla sua testa. La figura in agguato cadde senza un grido.

Ora zero.
Il sicario giaceva nella vasca da bagno, un proiettile nel cuore e il volto completamente sfigurato. Forse all'inizio avrebbero pensato che si trattava di lui, Franco. Quella era una mattanza che non risparmiava più nessuno, colpevoli e innocenti. Una spirale di vendette e regolamenti di conti che sembrava non dover avere fine. Non c'era più tempo per Franco. Aveva solo il margine di tempo sufficiente a lasciare l'Italia. Via, lontano. In Oriente, magari. O ancora meglio in Sudamerica. Lì aveva ancora un amico che poteva aiutarlo a scomparire.
Nell'ora zero della sua vita.

3
Effimera illusione

Parigi
Quartiere latino

La mano liscia e affusolata di Isabel accarezzò il volto ispido di Franco, che si svegliò di soprassalto. Poi la vide e si rassicurò, rendendosi conto che si trovava nel suo loft, insieme a lei. Era ancora notte.

«Scusami» disse Isabel, «non volevo svegliarti. Lo sai che quando dormi sembri più giovane?» Franco l'attirò a sé, si baciarono. Poi si staccò dall'abbraccio, guardandola fisso negli occhi. «Allora cosa hai deciso?»

Isabel si alzò dal letto, vestita con la sola biancheria intima. Franco ammirò il suo corpo, al tempo stesso morbido e slanciato. La ragazza raccolse i suoi lunghi capelli color miele in una coda. Accese tre candele, infilò una maglia e si sdraiò di nuovo accanto a lui, con quel sorriso speciale che Franco adorava.

«Vengo con te» fu la risposta.

L'appartamento di Isabel era nuovo e vuoto. Franco pensava che in quel momento angoscioso della sua vita gli era rimasta soltanto lei, l'unico suo equilibrio. Lì, in quella casa dove il tempo non sembrava esistere più. Vita, finalmente, dopo la morte. Lei era luminosa, gli trasmetteva in silenzio calore, sogni e incanto. Dalla portafinestra Franco vedeva le luci di Parigi e il nastro nero della Senna. Quando si voltò verso di lei, Isabel non c'era più. Scalza e leggera, come un fiore sublime, tornò con due calici di

Chablis. Mormorò, così piano che Franco distinse appena le sue parole: «Vorrei difenderti da ogni paura. Ce la faremo, non so come, ma ce la faremo. Devi credere in noi due». La vita richiede sempre i suoi tributi e quello che non avevi dato viene a prenderselo. Era stato il destino a scegliere. Franco rimaneva in silenzio e Isabel era perduta nei suoi occhi, che celavano misteri.

L'appuntamento era davanti a un vecchio bistrot degli Champs Elysées. Poi avrebbero proseguito per l'aeroporto. Franco era arrivato come sempre in anticipo e camminava davanti al locale, impaziente. La scorse da lontano venire verso di lui, con uno zaino sulle spalle. Adorava il modo semplice e diretto di Isabel di affrontare le cose. Aveva deciso subito di partire con lui, senza fare troppe domande. Grazie alla sua presenza, persino la situazione in cui si trovava diventava meno drammatica. Sorridendo, Isabel affrettò il passo. Franco le andò incontro. Si abbracciarono, poi d'improvviso la sentì afflosciarsi tra le sue braccia e cadere. Si chinò, la prese tra le braccia. Un fiore rosso si allargava sulla sua camicia bianca. Di sfuggita, tra le lacrime che gli inondavano il viso, intravide una moto che si allontanava. Avevano sparato a lui ma era stata lei a rimanere colpita, frapponendosi casualmente tra Franco e i killer. Alcuni passanti si fermarono vicino a lui. Isabel stava morendo.

4
Vengo con te

Nella nebbia Franco si muoveva con difficoltà, senza rendersi conto del luogo in cui si trovava. Lentamente la nebbia si diradò e vide che era in una stazione ferroviaria, affollata al punto tale che Franco faticava ad avanzare. Donne, uomini e ragazzi lo spingevano, impedendogli il cammino. Poi la folla svanì d'improvviso e rimase soltanto un uomo, di spalle, che lentamente si voltò verso di lui. Era Carelli. Il suo volto era vecchio, segnato. Guardò Franco con un sorriso triste e scosse la testa. Franco corse verso l'amico e lo afferrò, ma l'altro si afflosciò di colpo e nelle sue mani rimase solo l'impermeabile che indossava. Un rumore concitato di passi lo riscosse e Franco vide alcuni uomini che si dirigevano verso di lui. Avevano tutti il volto coperto da calze nere. Le loro mani impugnavano spranghe di ferro e mannaie da macellaio. Si lanciarono contro di lui. Per un lungo attimo Franco rimase immobile, paralizzato. Poi riuscì a riscuotersi da quel panico che lo stava trattenendo e si svegliò a letto, nel loft di Isabel. Era solo. Poi la intravide nella penombra, in piedi davanti a lui, anche se non la distingueva in maniera nitida. Fulmineamente Isabel fu vicino a Franco. E allora lui la vide. Il volto insanguinato incombeva sul suo, mentre lo abbracciava e gli sussurrava: «Vengo con te.»

Con un rantolo Franco si destò, guardandosi attorno. Era seduto al suo posto, sull'aereo che lo stava portando lontano da tutto. Una hostess gli si accostò, premurosa.
«Signore, si sente bene? Ha bisogno di qualcosa?»
Franco le sorrise.
«Non è niente, solo un brutto sogno... vorrei un bicchiere d'acqua, per favore.»
L'aereo in quel momento iniziava la manovra di atterraggio.
Franco era arrivato.

5
San Cristobal

Strada Aeroporto di Merida, Yucatan
La jeep procedeva sicura lungo la strada. Franco si voltò e vide la sagoma dell'aeroporto che scompariva velocemente alle sue spalle. Non aveva avuto problemi al controllo passaporti. Le guardie lo avevano osservato e una di loro, diffidente, si era ostinata a fissarlo, senza accennare a restituirgli il passaporto. Lui aveva sostenuto quello sguardo indagatore e la guardia alla fine gli aveva fatto cenno di passare. Franco guardò Ernesto, che guidava fumando un cigarillo. Aveva poco più della sua età ma sembrava più adulto, con il viso cotto dal sole e solcato da rughe precoci. Sentendosi osservato, Ernesto sorrise e batté una mano sul braccio dell'amico.
«Benvenuto nello Yucatan! Che te ne pare?»
Fece un gesto circolare a indicare il paesaggio che lo circondava: da una parte la giungla intricata, dall'altra un fiume, sotto un cielo terso e azzurro. Franco rispose: «Sarà il fuso orario, ma ancora non riesco a rendermi conto di essere qui...»
Ernesto riprese, a voce bassa: «Ho saputo di Isabel... mi dispiace molto...»
Un velo di profondo dolore scese sul volto di Franco, che rimase in silenzio per alcuni minuti. Poi disse: «Lei non

c'entrava. Volevano colpire me. È stata un'infamia.»
L'amico annuì, ma preferì cambiare discorso.
«Da adesso il percorso sarà più scomodo. Dobbiamo attraversare un tratto di giungla.»
La jeep abbandonò la strada e si inoltrò in un sentiero di terra battuta che si snodava nella giungla. Alberi, cespugli e vegetazione formavano un fitto e inestricabile intreccio che si chiudeva a cupola sopra la jeep. Franco si deterse la fronte bagnata di sudore. Il caldo e l'umidità iniziavano a farsi sentire. C'erano almeno quaranta gradi. Chiese a Ernesto: «Da qui arriveremo direttamente al paese?»
«Esatto. È una scorciatoia che ci farà risparmiare più di un'ora di viaggio. San Cristobal ci aspetta! Ci abitano poche centinaia di persone, ma è l'unico vero centro di tutta la regione.»
« È lì che hai la tua taverna?»
«Sì. Non vedo l'ora di arrivarci e bere con te una birra ghiacciata!»
La jeep continuò il proprio itinerario nel profondo verde dello Yucatan.
Per Franco era un'immersione nel nulla. In una terra sconosciuta, un luogo del tutto ignoto. L'unico momento della sua esistenza in cui si sarebbe trovato da solo con il proprio destino, del quale si era sempre considerato l'artefice. Nel bene e nel male.

La giungla iniziò gradualmente a diradarsi e il sentiero si allargò. A una svolta apparve San Cristobal. Case bianche, piccole e basse, si estendevano a raggiera, formando un cerchio al centro della giungla. La jeep entrò nel paese e poco dopo si fermò davanti a una semplice costruzione sormontata da una insegna di legno, su cui era scritto *posada*. Il sole stava tramontando.

La taverna era spaziosa e ben tenuta, con un lungo bancone centrale, tavoli e sedie di legno grezzo. Non c'era nessuno. Ernesto liberò Franco dallo zaino e lo poggiò da una parte. Poi raggiunse il bancone, indicando all'amico un tavolo.

«Siediti, Franco. Adesso ci vuole una bella bevuta!»

Tornò con due birre gelate, che i due amici vuotarono subito dopo aver fatto un brindisi. Soltanto allora Franco cominciò a rilassarsi. Si guardò attorno, poi domandò:

«Come mai non c'è nessuno?»

« È ancora presto. Ma ora *mamacita* ci preparerà qualcosa di buono da mangiare.»

Come se fosse stata chiamata, una donna grassa dal volto allegro spuntò fuori da una tenda dietro il bancone.

«Eccomi padrone! Le migliori *tortillas* della regione saranno pronte tra poco. E poi ho cucinato per voi maiale e fagioli!»

Ernesto rise compiaciuto e *mamacita* si avvicinò al tavolo, incuriosita.

«Questo *gringo guapo* è l'*amigo* che aspettavi?

«Sì, *mamacita*, lui è Franco.»

La donna si asciugò le mani sul grembiule che indossava e strinse con vigore la mano che Franco le porgeva.

«Gli amici di Ernesto sono miei amici.»

Poi qualcosa sembrò turbarla. Chiese a Ernesto: «Deve

andare dal *gringo* vecchio? È un *hombre muy malo*! Perché invece non lo fai rimanere qui?»

Franco guardò interrogativamente Ernesto, che rispose: «Lo sai che non può rimanere. E adesso pensa alla nostra cena. Abbiamo fame!»

Senza aggiungere altro *mamacita* si allontanò, scomparendo dietro il bancone.

Una volta soli Franco chiese incuriosito a Ernesto: «Che intendeva dire?»

L'amico sorridendo fece un gesto di noncuranza.

«Non ci badare. La gente di San Cristobal è ignorante, superstiziosa e teme il dottor Hansen, anche se nessuno l'ha mai incontrato. Per loro il *gringo* vecchio non è un uomo normale e in effetti non hanno torto a considerarlo così...»

«In che senso?»

«Vedi, a differenza degli abitanti di qui gli indios che vivono nel *pueblo* vicino alla villa lo adorano. È la loro guida, il loro sacerdote. Lo venerano come un semidio. Non devi pensare al dottor Hansen come a un uomo. Non è come noi, è qualcosa di unico. E ha una sua visione che porterà a termine.»

Mamacita interruppe la conversazione portando un vassoio con *tortillas*, carne, fagioli e birra. Per qualche minuto i due amici mangiarono in silenzio, poi Franco fece la domanda che più gli premeva.

«Il dottor Hansen sa del mio arrivo?»

«L'ho informato personalmente. Quando gli ho raccontato la tua storia mi è sembrato colpito. Ti aspetta.»

«Quando partirò?»
«Tra qualche giorno. Con il prossimo rifornimento di medicinali e viveri per il tempio.»
Franco guardò incuriosito Ernesto.
«Il tempio?»
«Sì, *El Tempio*. Il nome della villa di Hansen. È costruita sulle rovine di un antico tempio Maya. Per il dottore è un luogo magico.»
«Quanto potrò restare lì?»
«Non ti preoccupare. Hansen è stato chiaro su questo. Facciamo passare qualche mese, poi si vedrà. In fondo chi ti aspetta in Italia?»
Franco si incupì.
«Ormai nessuno. Non ho più amici di cui possa fidarmi. L'unico sei tu.»
Fissò Ernesto negli occhi.
«Grazie, amico mio. Se non ci fossi stato tu...»
Ernesto lo fermò con un gesto.
«Basta così. Tu avresti fatto la stessa cosa per me. Beviamo!»
Riempì il bicchiere a entrambi.
«Alla tua nuova vita!»
«Alla vita!» rispose Franco.
In quel momento alcuni avventori, soprattutto anziani, entrarono nella taverna, e anche qualche ragazza. *Mamacita* andò incontro a loro, invitandoli a sedersi.

Le luci della *posada* brillavano nella notte. I dintorni erano immersi nell'oscurità. Una decina di indios armati di *machete* e pistole scese da due jeep che si erano arrestate davanti alla *posada* di Franco. Li guidava un nero colossale, calvo e vestito di nero. A un suo cenno gli indios entrarono nel locale. Il chiasso e le risate che animavano la taverna cessarono del tutto quando il gruppo armato fece il suo ingresso. Ci furono furtivi scambi di sguardi e un silenzio irreale scese di colpo nell'ambiente. Ernesto lanciò un'occhiata d'intesa a Franco e si alzò per andare incontro ai nuovi arrivati. Tese la mano al nero, che la strinse.

«Come va Carlos? Non ti aspettavo così presto, la merce non è ancora pronta...»

Carlos lo interruppe: «Non sono qui per i rifornimenti. Mi servono donne, giovani se possibile.»

L'erculeo nero esaminò i presenti e il suo sguardo cadde freddamente sulle poche ragazze. Le indicò.

«Voi tre! Dovete venire con noi.»

Alcuni indios si avvicinarono alle ragazze, che si alzarono impaurite. Gli uomini di Carlos le afferrarono, spingendole verso l'uscita. Franco si alzò di scatto, ma Ernesto con un rapido sguardo lo dissuase dall'intervenire.

«Carlos, lui è Franco, l'ospite del dottor Hansen.»

Gli occhi scuri del gigante nero si incontrarono con quelli azzurri di Franco. Carlos fece una smorfia che avrebbe voluto essere un sorriso, scoprendo denti candidi dai canini aguzzi, quindi ordinò ai suoi: «Andiamo!"

Gli indios scortarono le tre ragazze fuori dalla taverna e Carlos li seguì. Timorosi, tutti li guardarono andare via, sentendo poco dopo le jeep che venivano messe in moto

e si allontanavano. Ernesto tornò al tavolo, dove era rimasto seduto Franco.
«Carlos è il comandante degli uomini di Hansen. Stai lontano da lui, è meglio.»
«Non mi piace la sua faccia e non mi piacciono i suoi metodi. Perché le hanno portate via?»
«Sei appena arrivato, Franco. Non farti troppe domande. Comunque a suo tempo Hansen ti spiegherà ogni cosa, se vorrà. Adesso devi riposare, sarai stanco.»
Franco annuì e si alzò.
Mentre insieme a Ernesto saliva la scala che portava al piano superiore si accorse di una donna giovane e bella che, da un angolo della taverna, lo stava osservando.
Per un breve attimo i loro sguardi si incrociarono.

6
Il dottor Hansen

Nel cuore della giungla si ergeva una villa fortificata in stile coloniale, con un vasto patio, uno splendido giardino fiorito e sul retro una grande piscina e alcuni bungalow. Due antichissime e imponenti sculture raffiguranti i minacciosi idoli di un giaguaro con le fauci spalancate e di un serpente piumato, erano situate ai lati dell'edificio. Alcuni indios armati di pistole e fucili sorvegliavano l'intera zona. Un idrovolante discese sulle acque del fiume, che scorreva a poca distanza dalla villa. Un uomo di mezza età vestito con abiti militari, atletico e con i capelli a spazzola, emerse dal velivolo e raggiunse il pontile. Una bella donna sui quarant'anni, dai lineamenti marcati e i capelli biondi raccolti sulla nuca, vestita con un immacolato camice bianco, gli andò incontro salutandolo.

«Bentornato Manfred.»

L'uomo rispose: «Buongiorno Greta»

La donna lo guardò con occhi di un verde trasparente.

«Vieni. Il dottor Hansen ti sta aspettando.»

Manfred seguì Greta lungo il pontile.

Un magnifico esemplare di giaguaro misurava nervosamente il perimetro della grande gabbia dove era rinchiuso.

Un uomo sulla settantina, magro e dai capelli bianchi, era seduto a bordo piscina in un completo di lino bianco, su una poltrona di vimini. Una giovanissima india, poco più di una bambina, stava vicino a un carrello dove erano disposte bottiglie di cristallo con vini e liquori, bicchieri, tazze e una teiera d'argento. In piedi davanti all'uomo anziano, in atteggiamento deferente, c'era Carlos.

«Tutto è andato secondo i suoi ordini, dottor Hansen. Ho consegnato le tre ragazze a Juana. Ora le sta preparando...»

Il dottor Albert Hansen si alzò e mise una mano sulla spalla del gigante nero.

«Ottimo lavoro, Carlos, come sempre.»

Carlos assunse un'aria contrita, che non sfuggì agli occhi vigili del medico tedesco.

«Cosa c'è?»

Il capo degli indios di Hansen rispose: «La ragazzina. Non siamo riusciti a trovarne una dell'età giusta.»

Hansen sorrise, benevolo.

«Vuol dire che andrà meglio la prossima volta. Abbiamo tempo. Ora puoi andare.»

«L'avrà presto. Me ne occuperò personalmente.»

Carlos salutò con il braccio destro teso e si allontanò verso i bungalow.

La piccola india prese dal carrello la teiera, versò il liquido scuro in una tazza e la porse al dottore. Mentre portava la tazza alle labbra Hansen notò Greta e Manfred che si stavano avvicinando. Giunto davanti a lui, anche Manfred lo salutò con il braccio destro teso e il medico gli indicò una poltrona accanto alla sua. Greta, invece, si avvicinò alla gabbia del giaguaro, tenendo in mano un grosso pezzo di carne sanguinolenta. Il felino emise un basso ruggito e, accostato il muso alle sbarre, tolse delicatamente la carne dalle mani della donna. Quindi masticò voracemente e quando ebbe finito alzò lo sguardo verso Greta, che lo osservava compiaciuta.

«Bravo il mio gattone!» esclamò e, introdotta una mano tra le sbarre della gabbia, accarezzò la testa del giaguaro, che ronfò soddisfatto come un enorme gatto.

Hansen ascoltava il rapporto del suo assistente.

«... quindi dalla Francia hanno confermato le richieste di organi, soprattutto femminili. In ogni caso i donatori dovrebbero essere tutti giovani e in salute.»

Il dottor Hansen annuì, sorseggiò il tè e depose la tazza.

«Dovranno aspettare. Adesso non ho tempo per questo, devo concentrarmi su questioni ben più importanti. Vado nel mio studio, ci vediamo più tardi.»

Manfred rispose: «Buon lavoro, dottor Hansen.»

Il medico tedesco si diresse verso l'ingresso principale della villa, poi si fermò e si girò verso Manfred e Greta, che era rimasta accanto alla gabbia del giaguaro.

«Tra qualche giorno arriverà qui da noi un amico di Ernesto. È un giovane esule italiano, che ha avuto gravi problemi con la giustizia del suo paese. Sarà mio ospite e desidero che venga trattato come tale.»

Greta rispose a nome di entrambi.

«Così sarà, dottor Hansen.»

7
Alma

Franco camminava senza meta lungo le stradine di San Cristobal. Alle nove di mattina il sole era già alto, ma il caldo ancora sopportabile. In attesa del giorno della partenza aveva esplorato il paese, osservato con curiosità dagli abitanti che incontrava. I più socievoli erano i bambini che, appena uscito dalla *posada* di Ernesto, lo avevano letteralmente assediato, quasi impedendogli di camminare. Divertito, aveva dato loro una manciata di monete, ma qualcuno aveva continuato a seguirlo e a stargli addosso. Poi erano fuggiti tutti. Sbucato in una piccola piazza, dove si stagliava una vecchia chiesa, quasi si scontrò con una ragazza vestita di bianco.

«Scusami!» disse Franco, guardando la giovane donna che a sua volta lo fissava con occhi scuri e scintillanti. Doveva avere al massimo venticinque anni, il corpo sinuoso, la carnagione olivastra, le labbra scarlatte, i capelli di un nero corvino: emanava una bellezza esotica, dolce e primitiva al tempo stesso. Gli parlò, con una voce calda e melodiosa.

«Ti stavo cercando...» e gli tese un consunto portafogli nero, che Franco prese riconoscendolo come suo.

«Come...» provò a dire, ma la ragazza lo interruppe, sorridendo ironica.

«Dovresti fare più attenzione! *Los chicos*, i bambini, sono i ladri più esperti.»
«Grazie! Mi chiamo Franco...»
«So chi sei. Ti ho visto alla *posada* di Ernesto l'altra sera. Io sono Alma.»
«Anche io ti ho visto. Alma è un nome molto bello, evocativo...»
«Conosci lo spagnolo?»
«Poco. So che Alma significa anima. Tu invece parli bene la mia lingua.»
«Ho studiato medicina a Città del Messico e lì ho anche imparato l'italiano. Poi sono tornata qui, dove è nata mia madre, per aiutare la mia gente.»
«Ti va di bere qualcosa con me?»
«Sì. Andiamo alla taverna. Ti devo parlare.»
La *posada* di Ernesto era deserta. Franco prese dall'antiquato frigorifero due birre e raggiunse Alma a un tavolo. Si guardarono per qualche istante, studiandosi. Poi Franco chiese: «Questo nostro incontro non è una coincidenza o sbaglio?»
Alma sorrise, scoprendo denti piccoli e bianchi come perle. Nella penombra del locale il suo fascino lo colpiva ancora di più.
«Non esistono le coincidenze. Ti aspettavo. So da dove vieni e dove sei diretto. Di questo devo parlarti.»
Franco la fissò, sospettoso, anche se dentro di sé sentiva di potersi fidare di lei, anche se l'aveva appena conosciuta.
«Ti ha parlato Ernesto di me?»

«Sì. Mi dispiace per tutto quello che ti è successo, deve essere stato terribile perdere le persone che amavi.»

Alma si fermò, come se non riuscisse a trovare le parole giuste per proseguire. Franco la incoraggiò con lo sguardo.

«La tua destinazione è la villa del dottor Hansen, *El Tempio.*»

Franco fece un cenno affermativo. Alma superò ogni incertezza e disse ciò che le urgeva.

«Devi sapere che in questa regione, ormai da diverso tempo, vengono rapiti bambini e ragazze. Lo hai visto anche tu, l'altra sera alla posada.»

«Carlos e i suoi uomini...»

«Già. Si vocifera che Carlos faccia parte di un'organizzazione criminale che gestisce un traffico di organi. Ma solo una minima parte dei sequestrati servirebbe al racket, le altre vittime sarebbero destinate a certi esperimenti del dottor Hansen.»

Franco aggrottò la fronte, perplesso.

«Esperimenti scientifici?»

Alma bevve un sorso di birra.

«Si dice che il *gringo* vecchio durante la guerra fosse un assistente del dottor Mengele. Quell'uomo mi fa paura. C'è qualcosa di inquietante in lui.»

Franco ricordò le parole di Ernesto sulla superstizione della gente di San Cristobal. Evidentemente neanche Alma ne era esente. Si accorse che lei lo guardava come se aspettasse una reazione alle sue ultime parole. Franco non intendeva deluderla, ma non voleva pronunciarsi su un uomo che non conosceva affatto, soltanto in base a quello che gli aveva riferito Alma. Ma fu lei stessa a trarlo d'impaccio.

«Scusa, non voglio immischiarmi nelle tue cose. Sarai ospite del dottor Hansen... forse non avrei dovuto parlarti così, ma sono preoccupata per te.»

Istintivamente, Franco prese una mano di Alma tra le sue. Si perse in quegli occhi profondi, che lo guardavano come nessuna aveva mai fatto.

Alma si svegliò di soprassalto con un grido soffocato. «Che succede?», chiese Franco, che si trovava in un agitato dormiveglia. Lei si mise seduta sul letto. «Un incubo... un branco di giaguari usciva da una luna enorme e mi inseguiva...». Poi si girò, fissandolo con i suoi occhi scuri. «L'idea di non vederti per tanto tempo mi fa paura...» Franco la prese tra le braccia, stringendola a sé. «Non devi avere paura. Sono qui, non sei sola. Qualunque cosa succeda.» Alma ricambiò l'abbraccio, intrecciando il suo corpo caldo con quello di Franco. «Ti appartengo. Corpo e sogni. Mi sento felice e malinconica. Ti amo. E non c'è nulla che possa spegnere questo incendio che tutto brucia.» Franco la guardava incerto, come se non potesse credere a quell'amore improvviso con una donna che conosceva soltanto dalla sera prima. Ma rispose d'istinto. «Niente accade per caso. Sento qualcosa tra noi...» Alma lo interruppe, mettendogli un dito sulle labbra. «Lo so. Questa non è un'avventura. Sono una sensitiva e non mi posso sbagliare. C'è un filo che ci unisce e niente potrà spezzarlo. Ormai sei dentro di me.»

I raggi del sole filtravano tra le persiane di legno, creando strani disegni sulle lenzuola. Franco guardava Alma sdraiata nuda al suo fianco, i capelli sciolti sulla schiena, la pelle ambrata che profumava di fiori. Erano saliti in camera di Franco e avevano fatto l'amore a lungo, con passione divampante. Tutti i pensieri tristi e negativi si erano dissolti tra le braccia di quella giovane sconosciuta, che era riuscita a fargli sentire ancora la voglia di essere vivo. Sentendosi osservata, Alma si avvicinò e lo baciò. Franco le disse: «Potrei innamorarmi di te, se l'amore avesse ancora un senso...»
«Sei troppo giovane per parlare così. Cosa ti è successo?»
Franco scosse la testa, incupito.
« È una storia lunga e dolorosa. Non credo possa interessarti...»
«Invece mi interessa. Perché mi interessi tu.»
Vinto da quella richiesta che non ammetteva dinieghi, Franco raccontò la sua storia. Omettendo particolari e avvenimenti che riteneva al momento irrilevanti, le parlò degli ultimi fatti che erano accaduti a Roma, degli omicidi, della sua fuga a Parigi e della morte di Isabel sotto i suoi occhi.
Al termine del racconto Alma non disse niente.
Lo abbracciò soltanto e lo tenne stretto a sé come se non volesse farlo andare più via.

8
Destinazione El Tempio

La jeep procedeva sobbalzando lungo un sentiero accidentato al limitare della giungla. Quella mattina all'alba Franco era già pronto per partire, destinazione *El Tempio*, dove avrebbe finalmente conosciuto il dottor Albert Hansen dopo averne tanto sentito parlare. Ernesto lo aveva abbracciato fraternamente, dicendogli che appena possibile sarebbe andato a trovarlo. Alma, invece, lo aveva salutato la sera prima, con uno sguardo malinconico. Non gli aveva detto niente, ma quegli occhi per lui valevano più di tante parole. Il campanile della vecchia chiesa spagnola aveva risuonato un lugubre rintocco, mentre la jeep lasciava San Cristobal, e a Franco non era sfuggita l'immagine di una vecchia india, il volto incartapecorito cotto dal sole che, dopo avergli dato una rapida occhiata, si era fatta il segno della croce. Franco osservava i volti di pietra dei quattro indios che erano con lui nella jeep. Non parlavano lo spagnolo, ma solo il loro dialetto, e comunicavano con lui a gesti. Comunque l'itinerario gli era già stato illustrato da Ernesto: prima avrebbero percorso un breve tratto di strada a bordo della jeep e poi il viaggio sarebbe proseguito su una barca fino a raggiungere la baia dove sorgeva *El Tempio*. Il pensiero di Franco ritornava ad

Alma. Dal momento del loro primo incontro non si erano mai allontanati ed erano stati giorni incantati, come sospesi in un'altra dimensione. Di lei sapeva poco, solo che era medico ed esercitava a San Cristobal offrendo le sue cure spesso senza essere retribuita, pur di aiutare la gente della sua terra. L'incertezza derivata dall'imminente partenza aveva poi in parte rovinato le ultime ore trascorse con Alma, anche se dentro di sé Franco sapeva che si sarebbero comunque rivisti.

La jeep si era fermata in una radura davanti a un'insenatura del fiume, dove era ormeggiata una barca. Gli indios scesero e iniziarono a trasportare casse contenenti medicinali e viveri. Franco li aiutò e poco dopo la barca salpò, mentre uno degli indios tornava con la jeep a San Cristobal.

La barca scivolava sull'acqua tranquilla del fiume. Seduto a prua, Franco osservava come in un caleidoscopio la splendida e selvaggia natura che lo circondava: la fitta e rigogliosa giungla, gli iguana che si mimetizzavano con l'ambiente, i voli di colorati pappagalli, eleganti aironi e fenicotteri bianchi e rosa che si tenevano a prudente distanza dall'imbarcazione. D'improvviso il tempo iniziò a cambiare. Grandi e minacciose nuvole nere si addensarono nel cielo livido e le acque si incresparono. Franco si rese conto che era in arrivo una tempesta e vide gli indios che armeggiavano per mantenere la barca nella giusta rotta. Le onde cominciarono a sollevarsi impetuose tutte intorno, infrangendosi sulla barca e inondandola copiosamente. Nonostante la furia degli elementi, il legno era robusto e resse bene, guidato dagli indios. Di colpo uno di

loro venne travolto da un'onda e precipitò con un grido nel fiume. L'istante seguente la grossa sagoma scura di un coccodrillo affiorò sulla superficie dell'acqua, dirigendosi veloce verso l'uomo. Franco stava per gettarsi in acqua e soccorrere l'indio, ma gli altri lo trattennero. Per il loro compagno era ormai troppo tardi. Con uno schianto terrificante le possenti mandibole dell'alligatore si chiusero in una morsa mortale sullo sventurato. L'acqua si tinse rapidamente di rosso sangue. Altri coccodrilli emersero, per partecipare al banchetto. L'alligatore si inabissò, trascinando con sé la sua preda umana.
Così come era arrivata, la tempesta cessò e una luce azzurra iniziò a illuminare la giornata. Franco contemplava il paesaggio, stupito di quel repentino cambiamento, mentre i due indios rimasero completamente indifferenti. L'indio più giovane gli si avvicinò con una ciotola colma di riso e pesce, che Franco mangiò di buon appetito, innaffiando il cibo con una birra.
Ma le sorprese non erano ancora terminate. Procedendo lungo il fiume, Franco notò sulla riva alcuni teschi conficcati su pali acuminati. Stava per chiedere informazioni ai suoi compagni di viaggio quando, a una rientranza del fiume, comparve una barca di pescatori che avanzava verso di loro. Franco notò che gli indios armavano fucili e pistole, pronti a usarle. L'altra barca intanto li aveva quasi raggiunti e si apprestava ad accostarsi alla loro. A bordo c'erano tre pescatori, un uomo anziano e una ragazza. In coperta erano ammonticchiate ceste di vimini contenenti pesce e frutta. La ragazza prese una cesta e si protese

verso la barca per offrirla, ma i due indios iniziarono a sparare all'impazzata sui pescatori crivellandoli di colpi. La prima a cadere falciata fu la ragazza. La cesta volteggiò e un ordigno scoppiò tra le due barche. Quando il fumo dell'esplosione e degli spari si diradò, Franco guardò incredulo i corpi crivellati dei pescatori mentre i due indios, riposte le armi, distaccarono impassibili la barca dall'altra. Quindi la navigazione riprese. A gesti Franco domandò chi erano quei pescatori e perché li avessero assaliti. La laconica risposta dell'indio più adulto fu che quegli uomini e la ragazza erano gente malvagia, nemici del dottor Hansen. Non del tutto convinto, Franco si sistemò in un angolo e lasciò che la sua mente tornasse ancora ad Alma. In tutto quello che era accaduto a partire dalla sua fuga, lei era l'unico pensiero pulito che aveva.
Era ormai notte quando la barca approdò nella baia dove sorgeva *El Tempio*.

La possente sagoma di Carlos si delineò improvvisa nella penombra della piccola casa dove Alma viveva con la sorella più giovane, Pilar. Due indios lo seguivano, muovendosi circospetti nell'umile abitazione. L'atletico nero fece un cenno imperioso e i tre uomini penetrarono in silenzio nella camera da letto. Le due sorelle dormivano insieme, profondamente. Carlos si avvicinò al letto e senza esitare si chinò a guardare Pilar. A un suo gesto i due indios le chiusero la bocca con un bavaglio e l'afferrarono rudemente. In quel momento Alma si svegliò. Cercò di alzarsi per intervenire, ma Carlos la stordì con un colpo

secco, che la mandò a ricadere sul letto. I rapitori lasciarono la casa, dileguandosi nella notte.
Appena desta, fuori di sé dall'angoscia Alma si precipitò al comando della gendarmeria, una scalcinata costruzione adibita a prigione per ubriachi o ladruncoli. Alla guardia che sostava oziosamente davanti all'entrata chiese di poter parlare con il sergente, l'unica autorità di San Cristobal. L'uomo la squadrò dubbioso e le disse di attendere, scomparendo all'interno del comando. Alma non dovette aspettare, perché poco dopo la guardia la chiamò e lei lo seguì in una squallida stanza arredata con un tavolo e qualche sedia. La guardia rimase in piedi vicino alla porta. Dietro il tavolo c'era il sergente, un grassone di mezza età dallo sguardo infido che tracannava una birra con i piedi appoggiati sul ripiano. «Che ti succede, Alma?» domandò.
Impaziente, controllando a stento la propria ansia, Alma rispose: «Questa notte hanno rapito mia sorella! È stato Carlos, quel nero che lavora per il dottor Hansen!»
Il sergente le diede un'occhiata divertita e chiese: «Cosa vorresti dire?»
Alma iniziava a innervosirsi.
«Quello che ho detto! Carlos l'ha rapita e sicuramente ha agito su ordine del *gringo* vecchio.»
Il sergente scoppiò in una fragorosa risata, a cui fece eco quella della guardia.
Alma lo fissò inviperita, avvicinandosi minacciosa al tavolo.
«Perché non mi credete? È la verità!»
Il militare tornò serio.

«Sei una pazza visionaria. Qualche giorno in cella servirà a schiarirti le idee in quella tua bella testolina.»
La guardia prese Alma per un braccio e, nonostante la sua resistenza, la portò via.

La sera era calata e Alma camminava avanti e indietro in un'angusta cella, come una belva in gabbia. Il pensiero di Pilar, così giovane e indifesa nelle mani degli uomini di Hansen, la gettava nella più cupa disperazione. Si accostò alle sbarre e prese a scuotere la porta, accorgendosi subito che, forse per una distrazione della guardia, era solo accostata e non chiusa a chiave. La spalancò ed esitò qualche istante sulla soglia, guardandosi attorno. In giro non c'era nessuno. Alma percorse il corridoio e vide in fondo una porticina che dava sul retro del comando. Ma avrebbe dovuto passare davanti a una stanza, da cui sentiva voci e risate sgangherate. Risoluta, Alma con cautela superò la stanza, dove due guardie bevevano birra giocando a carte. Non sembrarono accorgersi della sua presenza. Alma aprì silenziosamente la porticina e fuggì dal comando.
Il sergente si affacciò subito dopo nella stanza delle guardie. Una disse: « È scappata, come previsto.»
Il sergente sorrise, soddisfatto.
«Lasciamola andare... A lei penseranno gli animali della giungla.»

9
L'incontro

Il villaggio era situato nella baia, dominata dalla villa fortificata del dottor Hansen. Data l'ora tarda, Franco era stato ospitato per la notte in una delle casette di legno e pietra. L'indomani mattina sarebbe stato ricevuto dal *gringo* vecchio. Franco non riuscì a dormire. Tutto quello che era accaduto dalla sua precipitosa partenza dall'Italia si riversava nella sua mente, senza che in nessun modo potesse arginare quell'incessante fluire di immagini violente e cupi pensieri. Soltanto verso l'alba cadde in un sonno breve e agitato.

Nel pomeriggio, quando Manfred si presentò, Franco era già pronto. In un italiano stentato, l'assistente di Hansen lo salutò rigidamente e lo invitò a seguirlo. La jeep guidata dal tedesco percorse il breve tragitto che dal *pueblo* arrivava fino a *El Tempio*. Alla luce del sole Franco poté contemplare la splendida baia e la villa con gli idoli dei Maya che si stagliava all'orizzonte. Osservava il suo accompagnatore e vide in lui una ferrea determinazione: quell'uomo doveva essere uno degli aiutanti del dottor Hansen, probabilmente il suo braccio destro. Nei dintorni del villaggio, Franco ebbe quindi la fuggevole visione di un indio deforme, che si aggirava senza meta con aria assente. La jeep si fermò davanti all'ingresso della dimora di Hansen, sorvegliato da indios armati che salutarono rispettosamente Manfred, osservando invece con curiosità il nuovo arrivato. L'altro precedette Franco all'interno. La casa era ampia, dalle pareti bianche e arredata con semplici mobili di legno. Alcune donne si muovevano nei vari ambienti, affaccendate. Dopo una teoria di scale, stanze e corridoi, il tedesco bussò a una porta e introdusse l'ospite nello studio del dottor Hansen.

In piedi davanti a una grande portafinestra che dava sulla piscina, il medico volgeva le spalle alla porta. Si girò appena sentì i due uomini entrare. Con un sorriso amichevole andò incontro a Franco, che esordì: «Buongiorno dottor Hansen. È un vero onore conoscerla.»

Si strinsero la mano mentre Manfred si allontanava con deferenza, chiudendo la porta alle sue spalle. Hansen parlò in un buon italiano: «Ciao Franco. Ernesto mi ha parlato a lungo di te. So che hai sofferto e combattuto. Sei un guerriero. Vieni, sediamoci.»

Hansen si accomodò su una poltrona di cuoio, facendo cenno all'ospite italiano di sedersi su un divano di vimini davanti a lui. Franco si guardò attorno. Alle pareti spiccavano maschere tribali raffiguranti demoni, *machete*, lance, coltelli e pugnali di varie dimensioni, un quadro di Klimt e un altro di Gauguin, che avevano entrambi come soggetti nudi femminili. In un angolo sopra un cavalletto di legno era appoggiata una grande tela coperta da uno straccio bianco, e lì vicino, sopra uno sgabello, una tavolozza e un barattolo colmo di colori. Altre tele erano disseminate lungo le parti della stanza. Dietro un tavolo posto di fronte alla portafinestra spiccava una fotografia incorniciata di Adolf Hitler con dedica. Un acquario in cui nuotavano pesci tropicali dai colori sgargianti, una libreria colma di volumi e un antiquato grammofono posto su un basso tavolino insieme a diversi dischi, completavano l'arredamento. Dal soffitto un ventilatore assicurava un gradevole refrigerio. Per qualche istante i due uomini rimasero in assoluto silenzio. Hansen studiava Franco, che riprese il filo del discorso appena iniziato.

«Ho lottato finché ho potuto, poi sono rimasto da solo. Mi hanno abbandonato e tradito...»

Hansen fece un rapido gesto, come per scacciare via qualcosa di negativo.

«Lo so. È accaduto anche a me. Noi siamo stati traditi da generali vili e senza onore. Perfino Himmler ci ha abbandonato. La storia si ripete sempre, ma noi siamo la storia! Non bisogna mai disperare. Come vedi, siamo qui tutti e due, sani e salvi, contro chi ci avrebbe voluto morti...»

Il medico allungò una mano e tirò un cordone appeso alla parete più vicina. Un trillo armonioso risuonò e pochi attimi dopo una giovane india entrò nello studio portando un vassoio d'argento con una bottiglia di champagne e due calici di cristallo. Posò il vassoio sopra il tavolo e scomparve silenziosamente dietro la porta.

Hansen si alzò e stappò la bottiglia.

«Anche se vivo in questo posto lontano dalla civiltà cerco di non farmi mancare niente. Questo è un incontro che va festeggiato!»

Versò lo champagne nei calici e ne porse uno a Franco.

Brindarono.
Franco guardava quel viso segnato dal tempo, gli occhi azzurri, gelidi e profondi come le acque insondabili di un lago. Stabilì che Hansen potesse avere una settantina d'anni. In quel volto vedeva orgoglio, determinazione, potere, sensualità. Assaporarono l'aroma inebriante dello champagne, rimanendo ancora in silenzio. Hansen proseguì: «Deve essere stato difficile lasciare il tuo paese...»
Franco sorrise, con un misto di orgoglio e tristezza.
«Negli anni passati ho vissuto come in un sogno. Per me la violenza come metodo di lotta al sistema aveva una sua bellezza intrinseca e gli ideali che professavamo erano puri, assoluti. Contro il capitalismo e contro il marxismo per una terza via, nazionale e socialista. Pensavamo di essere un'avanguardia rivoluzionaria e di poter cambiare la realtà. Noi ci credevamo, ma siamo stati perseguitati, arrestati, spazzati via, uccisi. Il nostro ambiente è stato rovinato da mitomani, doppiogiochisti, criminali comuni, spie della polizia, informatori dei servizi segreti e traditori.»
Hansen osservava Franco, con estrema attenzione.
Il suo ospite continuò: «Quando tutto ormai volgeva al suo termine e mi sono reso conto che eravamo stati traditi e manovrati, ho ripensato a una frase di un filosofo italiano, Julius Evola, che dice "ciò su cui non si può nulla, nulla possa su di noi". Così ho compreso che il mio tempo in Italia era finito e dovevo soltanto andarmene via al più presto.»
Un'ombra dolorosa passò sul suo volto.

Hansen si protese verso di lui, stringendogli un braccio con affetto.
«So cosa vuol dire perdere una persona che ami.»
Era evidente che Ernesto lo aveva messo al corrente di tutto, compresa l'uccisione di Isabel a Parigi.
Franco non riuscì a trattenere una considerazione che aveva in mente: «Anche lei ha dovuto abbandonare tutto... »
Il medico tedesco bevve un sorso di champagne, quindi riempì nuovamente i calici ad entrambi. Rifletté, pensieroso, e quindi rispose: «Eravamo all'inizio di una nuova era che esigeva uomini nuovi. Il nazionalsocialismo è stato qualcosa di magico e di grandioso. Abbiamo avuto tutto, la gloria e la sconfitta. Il mondo ha sempre avuto bisogno di un'aristocrazia di eletti in grado di guidare interi popoli. Noi ci eravamo riusciti, ma i tempi non erano ancora pronti per la nostra filosofia. Ora non ha più senso scavare nel passato. Bisogna saper andare oltre, per creare qualcosa di nuovo.»
Franco, incantato, seguiva il discorso del dottor Hansen. Chiese: «Come è riuscito ad arrivare qui?»
«Ho fatto credere di essere morto durante un bombardamento...»
Il volto di Hansen si incupì.
«... notti insonni trascorse mentre fuggivo da un paese all'altro. Dalla Germania alla Grecia e alla Spagna. Ormai per me non esisteva più niente. C'è voluto tempo, ma sono riuscito a superare l'umiliazione della sconfitta. Poi dalla Spagna sono arrivato nello Yucatan grazie all'aiuto di alcuni amici e in seguito mi hanno raggiunto qui il

mio braccio destro Manfred e la contessa Greta Bruckman, che oltre a essere una donna affascinante è anche una valente dottoressa e preziosa assistente. L'intera mia esistenza è stata dedicata a un solo grande ideale. Ritengo che tutti i fatti che accadono nella vita di un uomo siano voluti soltanto da lui stesso. In questo luogo così lontano dalla nostra Europa ho compreso che il mio progetto sarebbe potuto continuare. È stato un nuovo inizio. Una nuova vita. Ma di questo avremo modo di parlare in seguito.»

Franco guardava Hansen, rapito. In certi momenti sembrava molto più vecchio della sua reale età, in altri più giovane, come animato da una energia sotterranea, in un indecifrabile alternarsi. L'ospite si alzò, avvicinandosi alla libreria. «Posso?»

Hansen annuì. Negli scaffali spiccavano libri che Franco conosceva bene. La *Divina Commedia* con le illustrazioni di Doré, le opere di Shakespeare, le tragedie greche, l'*Odissea*, *Così parlò Zarathustra* di Nietzsche, *I canti pisani* di Ezra Pound, *Bagatelle per un massacro* di Céline, *Mein Kampf* di Hitler e un romanzo di Gabriele D'Annunzio, *Trionfo della morte*. Erano tutti libri in tedesco, ad eccezione di Céline e D'Annunzio. Franco prese il libro di Nietzsche e iniziò a sfogliarlo.

«La poesia di Zarathustra è sublime...»

Hansen gli appoggiò una mano sulla spalla e sentenziò: «Le prove a cui sopravviviamo ci rendono più forti... Nietzsche non è stato solo un grande poeta, ma anche un profeta. Il nostro!»

Franco guardava il dottor Hansen, affascinato dalla sua magnetica personalità. Il medico proseguì.
«Il mondo intero era nostro. È stata una meravigliosa occasione irrimediabilmente perduta.»
Hansen fissò Franco negli occhi.
«Considerati a casa tua, Franco. Puoi girare liberamente per *El Tempio* e nel *pueblo*. Avrai piacevoli compagnie, che ti faranno sentire meno solo. Poi, se vorrai, potrai affiancarmi nel mio lavoro. Ritengo che in certe cose potresti aiutarmi.»
Poi il medico tedesco suonò il campanello e un servitore indio apparve sulla soglia. L'incontro era terminato. Hansen strinse la mano a Franco.
«Verrai accompagnato al bungalow, dove troverai il tuo bagaglio. Riposati, sei stanco. Ti aspetto questa sera a cena, alle otto.»

Il bungalow era spartano ma accogliente, con essenziali mobili di bambù. Franco fece una doccia ristoratrice e poi si sdraiò sul grande e comodo letto. La conversazione con il dottor Hansen lo aveva confortato, restituendogli una sorte di serenità interiore che da molto tempo non sentiva più. Non solo, perché le enigmatiche parole del tedesco sul suo personale progetto lo avevano colpito: cosa intendeva realizzare in quel luogo ai confini del mondo? Franco ripensò a ciò che gli aveva confidato Alma a proposito degli esperimenti del *gringo* vecchio.
Fino a che punto le voci che correvano su Hansen era-

no vere? Ma il pensiero che imperava nella sua mente era Alma e con questo si addormentò profondamente.

Una sontuosa cena a base di pesce venne servita da alcune solerti indigene in un grande salone. La tavola era apparecchiata in maniera raffinata, con lucenti porcellane, argenterie e cristalli. Con Hansen e Franco c'era anche Manfred, ma non Greta. Il medico aveva cambiato umore. Per quanto cordiale con il suo ospite, parlò poco. Qualcosa sembrava preoccuparlo e Franco intuì che sarebbe rimasto solo il tempo indispensabile per la cena. Così fu. Al termine Hansen si alzò, imitato dai suoi due commensali, accomiatandosi.

«Devi scusarmi, caro Franco. Oggi ho avuto una giornata faticosa e ora sento il bisogno di riposare. Domani ti farò visitare il mio laboratorio. Buona notte.»

10
Notte irreale

Rimasto da solo, Franco vagò per il patio e la sua attenzione venne subito catturata da una serie di fuochi che ardevano a poca distanza dalla villa, nel *pueblo*. Doveva essere in corso una *fiesta*. Franco aveva bisogno di muoversi e decise di raggiungere il villaggio a piedi. Intraprese lo stesso cammino fatto quel pomeriggio a bordo della jeep di Manfred e in breve tempo arrivò nel centro della *fiesta*. Tutti gli indigeni, donne uomini vecchi e bambini, gremivano la piazza principale del villaggio dove alcune bancarelle distribuivano birre e cibarie. Attorno ai falò ragazze e giovani indios si muovevano frenetici al ritmo forsennato dei tamburi, in danze tribali che simulavano l'atto sessuale. Franco si avvicinò, incuriosito. Sguardi amichevoli caddero su di lui e un vecchio si avvicinò porgendogli una bottiglia e invitandolo a berne il contenuto. Franco bevve un sorso di un forte liquore sconosciuto e quindi restituì la bottiglia al vecchio, che se ne servì a sua volta. Il liquore non tardò a fare il suo effetto, sommato al vino che aveva bevuto a cena, e Franco venne invaso da una sensazione euforica e inebriante. Per la prima volta da quando era giunto nello Yucatan si sentiva finalmente rilassato. In un eccitante vortice vide le ragazze danzare

di fronte a lui, dimenandosi come ossesse. Il calore delle fiamme, l'alcol ingerito, la sensualità che emanavano i corpi seminudi delle giovani indigene, avvolgevano completamente Franco in una dimensione irreale. A fatica, si allontanò dalla *fiesta* per fare ritorno a *El Tempio*.
Lasciando il villaggio si imbatté in due figure che sostavano davanti alla soglia di un'abitazione. Mentre passava davanti a loro Franco le vide meglio, al chiarore di una lampada che pendeva dal tetto. Una era una vecchia ossuta dai capelli bianchi, l'altra un bambino. Il piccolo indio aveva gli occhi azzurri. Sorrise a Franco, che rispose con una sensazione di disagio. Poi riprese il cammino. Non si accorse di un uomo che lo osservava, celato nell'oscurità. Manfred.

Entrato nel bungalow, Franco vi trovò una giovane india che lo attendeva sorridente. A gesti gli indicò di sedersi sul letto e con abili mosse lo spogliò. Poi lo invitò a sdraiarsi. Franco, piacevolmente stupito, obbedì. Le agili mani della ragazza iniziarono a massaggiare la sua schiena con un profumato unguento. Franco si lasciò andare a quel tocco energico e caldo. Ad un tratto sentì il corpo nudo dell'india che si stendeva sopra il suo, continuando un massaggio sempre più eccitante e coinvolgente. Franco si voltò e abbracciò la ragazza, che rispose con un trasporto adolescenziale e istintivo.
E poi furono soli nella notte.

11
Il laboratorio

Il luogo dove si svolgevano le ricerche del dottor Albert Hansen si trovava nei sotterranei di *El Tempio*. Preceduto dal medico tedesco, Franco entrò in un ampio laboratorio: una parete era interamente occupata da scaffalature metalliche contenenti provette, alambicchi, ampolle colme di liquidi colorati, microscopi, libri di fisica, genetica, ereditarietà, chimica. Su un'altra parete si stagliavano disegni di formule scientifiche e tavole anatomiche umane e di animali. Su una terza parete spiccavano invece fotografie che ritraevano primi piani di occhi azzurri, verdi, castani. Occhi femminili, maschili e anche occhi di gatti o di altri felini. Due lettini sormontati da grandi lampade, aste porta flebo, un carrello con scintillanti strumenti chirurgici, un tavolo di metallo e un paio di sedie, completavano il laboratorio. Sul fondo della stanza in una grande cella frigorifera spiccavano decine di contenitori che racchiudevano organi umani, feti, globi oculari, parti anatomiche immerse in soluzioni chimiche, embrioni umani e di animali.

Franco osservava attento il gelido e inquietante ambiente che lo circondava. Hansen fece un gesto circolare come per abbracciare tutto il laboratorio, quindi si accostò alla parete delle tavole anatomiche.

«Vedi, Franco, è stato sempre l'amore per la scienza a guidarmi e adesso più che mai il dovere mi impone di proseguire i miei esperimenti.»
Indicò i disegni delle formule e le tavole alle sue spalle.
«La natura umana è troppo imperfetta. Il mio compito è quello di migliorarla. Creare vite nuove, per un'altra umanità.»
Franco chiese: «Su quali esperimenti sta lavorando adesso?»
Compiaciuto, Hansen rispose: «Ho dimostrato di poter modificare il destino di una cellula. Mi sto dedicando al trapianto di organi vitali e tessuti viventi da un essere umano all'altro, anche su individui di caratteri biologici diversi. Sto lavorando alla riproduzione mononucleare, alla clonazione. È una grande sfida e io adoro le sfide!»
Il dottor Hansen si sedette, invitando Franco a fare altrettanto, quindi riprese: «Non ti nascondo che il mio lavoro qui è stato spesso imprevedibile e mi ha posto più interrogativi che veri successi. Ma devo andare avanti, sento di non essere lontano dal traguardo.»
Franco fissava il volto del *gringo* vecchio, la sua figura carismatica.
Non aveva perfettamente compreso in cosa consistevano gli esperimenti del dottor Hansen, ma era come ipnotizzato dalle sue parole e da quello sguardo che prometteva inferni e paradisi.

12
Greta

Franco quasi ogni giorno si recava al *pueblo*. Gli piaceva camminare e di solito la mattina non vedeva il dottor Hansen, impegnato nelle sue ricerche. L'aria almeno a quell'ora era abbastanza fresca. Franco contemplava il paesaggio circostante. Non si era ancora abituato a quel verde rigoglioso, al nastro argenteo del fiume, alle imponenti alture che dominavano la zona. Tutto in quel luogo sapeva di arcaici misteri e tradizioni ancestrali, come i templi Maya dove il medico tedesco gli aveva promesso di condurlo.

Già prima di arrivare al villaggio, Franco notò una certa agitazione e quando si avvicinò ebbe la conferma che qualcosa stava accadendo. Nella piccola piazza principale dell'umile *pueblo* alcuni indios armati di *machete* selezionavano un gruppo di giovani indigene. Le ragazze erano visibilmente impaurite e tentavano di sottrarsi rimanendo indietro, oppure cercando di eclissarsi nei vicoli adiacenti. A guidare gli indios era una meticcia sui trent'anni con una divisa mimetica, che impugnava minacciosamente una frusta. Era una bellezza dura e selvaggia, dal corpo atletico che sprigionava vitalità e forza. I suoi uomini avevano spinto rudemente le giovani scelte al centro della piazza, mettendosi ai loro lati. La meticcia le stava squadrando sdegnosamente, quando Greta sopraggiunse in sella a un cavallo bianco, con i capelli biondi sciolti sulle spalle. Seduto davanti all'unica *posada*, Franco la osservò mentre, vestita di bianco con stivali e frustino, scendeva agilmente dal cavallo e raggiungeva la meticcia. Non rimase indifferente al fascino altero e aristocratico che emanava la donna tedesca. Sentì che Greta chiamava la meticcia Juana, mentre esaminavano le ragazze. Franco notò lo sguardo compiaciuto dell'assistente di Hansen, che si posava sui volti e sui corpi delle indigene. C'era qualcosa di strano in quello sguardo, che somigliava a quello di uno spietato predatore. Una luce fanatica serpeggiava in quegli occhi verdi. Le due donne non si accorsero della presenza di Franco, oppure non le diedero importanza. Greta scelse sei ragazze ma l'ultima, giovanissima, tentò un'impossibile fuga. Due indios la rincorsero e l'afferrarono prima che potesse allontanarsi. La bionda tedesca diede un'occhiata a Juana, che fece un cenno ai due uomini. La fuggitiva venne legata di schiena a un palo. Greta guardò Juana che, con un sadico sorriso, strappò la leggera veste dell'india. Quindi iniziò sistematicamente a frustarla. Le grida e le lacrime della prigioniera colpirono la dottoressa tedesca, i cui occhi tradivano la propria eccitazione mentre le frustate si abbattevano sulla schiena e sulle natiche nude della ragazza. D'istinto Franco si alzò per intervenire e in quello stesso istante un giovane si lanciò su Juana, disarmandola. Subito gli indios lo bloccarono, nonostante la sua resistenza. La meticcia gli si avvicinò furiosa e lo sferzò sul volto, ma un gesto imperioso di Greta la fermò.

«Basta così! Portiamolo a *El Tempio*. Quello che gli riserveremo sarà un esempio per chi osa ribellarsi!»
Juana e gli indios caricarono in fretta le giovani indigene e il prigioniero su un paio di jeep, che si avviarono verso la villa sollevando nuvole di polvere. Solo allora Greta sembrò accorgersi di Franco, anche se lui ebbe la netta sensazione che avesse voluto rimandare appositamente la loro presentazione, e gli si rivolse sorridendo: «Buongiorno. Devi essere l'amico italiano di cui mi ha parlato il dottor Hansen. Benvenuto tra noi.»
Franco baciò con cavalleria la mano della sua interlocutrice, che rimase piacevolmente sorpresa.
«Buongiorno Greta, sono contento di conoscerti, anche se avrei preferito che il nostro incontro avvenisse in circostanze diverse...»
Alla donna non sfuggì il tono lievemente polemico di Franco e rispose, ironica: «Forse questo imprevisto spettacolo non è stato di tuo gradimento. Mi dispiace, ma a volte certi metodi sono necessari per farsi obbedire e rispettare da questi selvaggi.» Franco annuì e disse: «Immagino che le ragazze siano state scelte per gli esperimenti del dottor Hansen...» Greta replicò in tono ambiguo, montando in sella: «In un certo senso sì... Adesso devo tornare alla villa. Ci vedremo senz'altro più tardi, Franco.»
Quindi spronò il cavallo e si allontanò, seguita dallo sguardo perplesso dell'ospite italiano.

Quella notte Franco venne svegliato di colpo da grida altissime e forti rumori di colluttazione. Si affacciò alla finestra del bungalow. La luce lunare illuminava la zona della piscina. Alcuni indios sospingevano con violenza verso la gabbia del giaguaro il ragazzo che aveva interrotto la fustigazione. C'erano anche Greta e Juana. Il prigioniero, dopo aver vanamente tentato di liberarsi, si era gettato per terra e veniva letteralmente trascinato verso il suo atroce destino. Franco non riusciva a staccare lo sguardo da quella scena barbara e feroce. La gabbia venne spalancata e l'indio catapultato dentro. Le due donne si accostarono alla gabbia, mentre gli indios sghignazzavano. Il giaguaro non sembrò gradire la presenza dell'intruso nella sua dimora e gli si avvicinò lentamente, emettendo un basso ruggito. Il condannato si aggrappò urlando alle sbarre della gabbia, scrollandole nel folle tentativo di salvarsi. Il giaguaro spiccò un balzo e piombò sull'uomo, squarciando con le zanne e lacerando con gli artigli. Greta voltò le spalle alla gabbia, dove il grande felino dava inizio all'orribile banchetto tra le grida d'agonia della sua vittima. Soltanto per un attimo il suo sguardo si incrociò con quello di Franco, poi la donna rientrò nella villa seguita da Juana.

Franco rimase da solo, nel silenzio di quella notte assurda e sanguinaria.

13
Le teorie di Hansen

Nell'asettico laboratorio alcune ragazze tra cui Pilar, la sorella di Alma, e due bambine gemelle di una decina di anni, erano sorvegliate da Manfred e da due servitori indios. Il medico tedesco entrò nella stanza insieme a Greta e Franco. Al suo ingresso le indigene cominciarono a tremare. I due indios si inchinarono e quindi si defilarono e Hansen si avvicinò alle giovani prigioniere, esaminandole attentamente. Soddisfatto, si rivolse a Franco: «Mio giovane amico, ritengo che una razza non debba mescolarsi con le altre, ma sono per un razzismo etico e spirituale, non biologico. E con i miei esperimenti ho ottenuto successi imprevedibili. Certo, sono ancora lontano dalla perfezione, ma preferisco questo successo incompleto al nulla in cui mi trovavo prima.»
Franco lo guardò, con fare interrogativo. Hansen sorrise, precedendo la sua domanda. «Vedi Franco, la politica mi nauseava già allora. Avevo una visione e l'ho ancora adesso. Per questo scelgo soltanto corpi giovani, puri e perfetti.»
Il dottore disse quindi ai suoi assistenti, che indossavano camici bianchi: «Iniziate pure, così il nostro ospite potrà rendersi conto dell'accuratezza delle nostre visite mediche.» Poi, rivolto a Franco: «Noi siamo stati i pionieri di

una nuova scienza che ha aperto gli orizzonti della genetica. Ma non c'è stato dato abbastanza tempo.»
Due alla volta le impaurite ragazze vennero fatte spogliare nude per essere pesate su una bilancia, quindi misurate e infine sdraiate sui lettini di metallo. Greta e Manfred le visitarono dettagliatamente, con particolare attenzione per la testa, i capelli, le orecchie, i nasi e i denti. Gli occhi venivano esaminati con uno oftalmoscopio.
Ogni visita terminava con un prelievo di sangue. Franco osservava quegli esami effettuati con glaciale professionalità, senza sapere che tra quelle ragazze c'era anche la sorella di Alma. Compiaciuto, Hansen lo affiancava, continuando a esporre le sue teorie.
«Ci sono ancora molti sogni da realizzare per ampliare la conoscenza scientifica. Ho visitato personalmente le donne incinte del villaggio e ne ho seguito la gravidanza, somministrando farmaci di mia invenzione. Ho provato anche l'inseminazione artificiale, ma per ora senza alcun risultato positivo...»
Lo sguardo del medico era lontano, perduto nei suoi pensieri. Continuò: «I gemelli per esempio rappresentano qualcosa di unico, che la scienza deve essere in grado di creare.» Un'ombra passò sul volto del *gringo* vecchio.
«Ma quando ho tentato su due fratelli, dopo averne prelevato il sangue per valutare la differenza, l'esperimento fallì a causa dell'infezione di alcune ferite.»
La sua espressione tornò serena.
« È andata senz'altro meglio con i bambini. Ho immesso nei loro occhi un liquido di mia creazione in grado

di mutarne il colore... Con loro nutro grandi speranze.» E indicò le due bambine gemelle che in quel momento stavano per essere sottoposte a una trasfusione di sangue. Franco si riscosse da quelle parole che lo avvolgevano come una spirale e intervenne: «La sera del mio arrivo ho visto un bambino che aveva gli occhi azzurri.»

Hansen batté una mano sulla spalla del suo ospite.

«Acuto osservatore. Nel Tempio ci sono due gemelli omozigoti, con gli occhi azzurri. Altri hanno gli occhi di un colore diverso dall'altro. I capelli di alcuni sono quasi biondi. Il bambino è il bene più prezioso di un popolo. E queste sono tutte mie creature.»

Poi indicò i lettini dove le giovani indigene venivano in quel momento sottoposte a visite ginecologiche.

«Questo è l'ultimo esame, per accertare la loro verginità e lo stato di salute.»

Franco seguiva i discorsi del dottor Hansen e ne era affascinato e respinto al tempo stesso. Era come ipnotizzato dalla sua figura carismatica e inquietante.

Il medico proseguì, infervorato.

«Viviamo nell'enigma umano, ma qui sto per dare vita a qualcosa di immortale!»

Le visite erano terminate. I due servitori indios e una ragazza entrarono per scortare le indigene verso l'uscita. Anche Greta e Manfred si accomiatarono e Franco si accorse che prima di lasciare il laboratorio la dottoressa tedesca gli aveva lanciato un sorriso ironico. Rimasti da soli, Hansen invitò il suo ospite a fare una passeggiata nel giardino della villa. Franco si rese conto di aver bisogno

d'aria, dopo essere stato chiuso a lungo in quella stanza, e accettò volentieri.
Restarono in silenzio per alcuni minuti, vicino ai due immensi idoli Maya. Franco rifletteva sulle parole di Hansen, nel tentativo di comprendere l'oscuro disegno che lo animava. Poi d'improvviso l'altro lo fermò e lo prese per un braccio, fissandolo intensamente negli occhi.
«Non hai paura della morte? Quel momento assoluto in cui sei completamente da solo in un mondo gelido dove sarai costretto a rimanere per sempre?»
Franco cercò di dare una risposta sensata a quella inattesa domanda.
«Certo. Il pensiero della morte mi ha sempre terrorizzato. L'ho vista da vicino troppe volte nella mia vita...»
Il dottor Hansen riprese, comprensivo.
«So quello che hai sofferto...» E quindi concluse: «Nietzsche diceva che l'uomo è qualcosa che deve essere superato. Un cavo teso al di sopra di un abisso. Ma anche la morte deve essere superata! Con i miei esperimenti sto preparando l'avvento dell'Uebermensch, dell'Oltreuomo!»
Franco studiò il suo interlocutore: in quel momento sembrava ringiovanito di vent'anni.

14
Caccia all'uomo

L'india correva ridendo nei corridoi della villa, inseguita da Franco. Lui sapeva di trovarsi lì, ma quel luogo era diverso, completamente vuoto e immerso in un silenzio totale. La ragazza sparì in una stanza e le sue risatine cessarono. Franco si affacciò in un ambiente dalle pareti nere, illuminato da una luce rossastra. Al centro c'era soltanto un lettino di metallo su cui giaceva una donna urlante in procinto di partorire. Franco avrebbe voluto fuggire, ma una forza invisibile lo tratteneva saldamente. Rimase a guardare inorridito il ventre della partoriente che si squarciava e un mostruoso neonato munito di artigli fuoriuscire. La visione svanì di colpo e Franco mosse qualche incerto passo, ma si fermò impietrito di fronte a qualcosa che si agitava dal fondo della stanza. Erano due giovanissimi gemelli, un ragazzo e una ragazza, cuciti insieme come due fratelli siamesi. Una orribile ferita sanguinolenta spiccava tra i loro fianchi. I gemelli avanzavano verso di lui, con le braccia tese come per invocare aiuto, ma con sorrisi spaventosi. Franco si voltò per fuggire, ma altri ripugnanti esseri incombevano. Uomini che indossavano divise nere, con occhi bianchi e denti aguzzi e affilati come rasoi. Da un'altra direzione sopraggiungevano strisciando ragazze dai corpi insanguinati e dagli arti amputati. Franco era circondato, senza alcuna possibilità di salvezza. I mostri si chiusero su di lui e...

Con un grido soffocato Franco si svegliò nel suo bungalow.

Al limitare della giungla si trovavano la sorella del ragazzo sbranato dal giaguaro, l'uomo deforme che Franco aveva intravisto al suo arrivo a *El Tempio* e due giovani indios. Davanti a loro stavano Hansen, Franco, Greta e Manfred, questi ultimi due armati di fucili. Un gruppo di indios seminudi, armati di *machete*, lance e frecce, con i corpi dipinti da smaglianti colori tribali, attendeva un segnale. Li comandava il gigantesco Carlos. Franco osservava il dottor Hansen. Contrariamente ai suoi assistenti non c'era esaltazione nel suo sguardo, ma l'espressione divertita di chi si accinge a dare il via a un gioco, per quanto feroce e disumano.
Manfred si rivolse ai quattro indios che aspettavano, spaventati.
« Avete mezz'ora di vantaggio per fuggire il più lontano possibile. Poi avrà inizio la caccia. Il mondo si divide in due categorie: prede e cacciatori. Voi, sfortunatamente, appartenete alla prima...»
Negli occhi delle quattro vittime si leggeva un misto di terrore e speranza.
Greta e Manfred si voltarono verso Hansen, che alzò una mano in un gesto ieratico. Allora Greta ordinò: «La caccia è aperta! Scappate! Adesso!»
La ragazza, l'uomo deforme e i due indios si voltarono e

corsero via, inoltrandosi nella giungla. Manfred controllò un orologio da taschino, Greta lo stato del suo fucile. Gli indios preparavano piccole frecce intingendole in un liquido chiaro, sicuramente un mortale veleno. Hansen invece tornò verso la jeep che lo avrebbe riportato alla villa. Franco gli chiese: «Lei non partecipa alla caccia?»
Il dottore lo guardò, scuotendo la testa.
«No. È un divertimento che lascio ai miei assistenti. Ho altri pensieri e cose più importanti a cui dedicarmi. Oggi sento che sarà una giornata speciale. Intuisco che anche tu non farai parte della caccia o sbaglio?»
«Infatti. Mi sembra una lotta impari e ingiusta. Preferisco rimanere. Magari farò un giro nei dintorni, questi posti sono affascinanti.»
Hansen annuì.
«Sì, ma possono essere anche molto pericolosi. Non ti allontanare troppo, ci sono animali selvaggi e sabbie mobili. Ti aspetto più tardi a *El Tempio.*»
Quindi fece un cenno all'autista e la jeep si allontanò.
Franco osservò rapidamente i cacciatori che si preparavano a iniziare il loro violento gioco, poi si incamminò verso il *pueblo.* Aveva la sensazione di trovarsi catapultato in un mondo al di fuori dalla realtà, dove la ferocia era considerata un fatto naturale e l'anarchia imperava sovrana.

Carlos e gli indios si sguinzagliarono in avanscoperta, seguiti da Greta e Manfred.
Sembrava che la giungla avesse mille occhi con cui spiava costantemente i quattro fuggitivi, che intanto si erano se-

parati. L'eco dei tamburi suonati dagli indios li perseguitava, con il suo monotono e angosciante ritmo. L'uomo deforme era capitato in una zona particolarmente intricata, da cui non riusciva più a uscire. D'improvviso due cadaveri scarnificati, appesi a un albero a testa in giù, gli piombarono addosso. Urlando, il deforme aprì un varco tra il fitto fogliame e sbucò in una piccola radura. Ansimante e terrorizzato, si guardò attorno e dai cespugli emersero alcuni indios. Si girò per fuggire, ma altri gli tagliarono la strada. L'istante dopo venne raggiunto in vari punti del corpo da piccole frecce, lanciate da cerbottane. Gli indios rimasero qualche momento a guardare la loro vittima contorcersi sul terreno negli spasmi dell'agonia, quindi scomparvero nel verde.

Uno dei due ragazzi arrancava in una palude, cercando di raggiungere la riva opposta. Ma da quella parte apparvero Carlos e alcuni indios, che iniziarono a urlare deridendolo. Il giovane tentò di tornare indietro, ma l'incombente sagoma di un coccodrillo si delineò nelle acque stagnanti. Cominciò a nuotare verso la terraferma, accompagnato dal coro delle urla e delle risate dei cacciatori, ma l'alligatore lo colpì con la coda e si avventò vorace su di lui in un turbine di spumeggiante acqua che ben presto si colorò di sangue.

Manfred e altri indios inseguivano l'altro fuggitivo, che era riuscito a distanziarli. Continuando a correre freneticamente, non si accorse di passare su una fossa coperta da uno spesso strato di foglie e arbusti e quando se ne rese conto era ormai troppo tardi. Preso dallo slancio non poté frenarsi in tempo e piombò nel vuoto andando a infilzarsi sulle punte acuminate di cui era irto il fondo della trappola. Subito dopo sopraggiunse Manfred, che constatò con imperturbabile freddezza l'orribile fine della preda.

La giovane india correva disperatamente, con il volto, le gambe e le braccia graffiate dai rovi. Non sentiva i suoi inseguitori, ma sapeva che la stavano braccando da vicino. Di colpo apparve davanti ai suoi occhi atterriti uno scheletro corroso e pullulante di vermi, legato a un albero. La ragazza gridò e cambiò direzione, ma dietro di lei apparvero gli indios. Provò a correre da un'altra parte e vide che la via era sbarrata da Greta, che teneva al guinzaglio il giaguaro ruggente. L'india, gridando atterrita, si lasciò cadere a terra. A un ordine della donna tedesca gli indios si impadronirono di lei e la portarono via.

La caccia all'uomo era terminata.

15
Un giocoso interludio

Franco aveva superato il villaggio e si era addentrato nella giungla, dalla parte opposta rispetto a quella dove era in corso la caccia. Pensieri contrastanti, derivati da tutto ciò a cui aveva assistito fino a quel momento, turbinavano nella sua mente in una continua girandola di congetture. Dal suo arrivo nello Yucatan aveva visto cose che normalmente gli sarebbero apparse impossibili: gli indios di Carlos che avevano prelevato le ragazze alla *posada* di Ernesto, l'avventuroso itinerario per raggiungere *El Tempio*, l'incontro con il dottor Hansen, il laboratorio e gli esperimenti genetici da lui ideati, il reclutamento delle giovani indigene per ordine di Greta, il ragazzo sbranato dal giaguaro, la caccia all'uomo. Su tutte queste riflessioni c'era però il ricordo nitido e indelebile di Alma. Da quando era giunto alla villa aveva pensato sempre a lei e sentiva la sua mancanza. Istintivamente andò con il pensiero a Isabel e avvertì subito un dolore lancinante, ma allo stesso tempo comprese che lei avrebbe voluto soltanto la sua serenità.

Camminando senza meta era intanto sbucato in uno spiazzo circondato dalla giungla, dove tra il verde si stagliava una piccola cascata. Alcune giovanissime indigene

scherzavano nude sotto l'acqua. Franco stava per tornare indietro, ma le indigene si erano accorte della sua presenza e lo invitavano a gesti di raggiungerle, con risatine e gridolini divertiti. Per quanto si sentisse un perfetto estraneo, Franco lasciò sulla riva i suoi abiti e si immerse nelle fresche acque della cascata. Con poche bracciate fu vicino alle ragazze, che continuavano a ridere tra loro. Gli sembravano bambine, più che donne, e si lasciò andare ai loro giochi infantili. Gli toccavano i capelli, la faccia e il corpo, ma non c'era alcuna malizia nei loro atteggiamenti. Erano come cuccioli di animali selvatici, che avevano incontrato un essere sconosciuto con cui fare amicizia. Franco sorrise e si abbandonò nell'acqua, mentre il pensiero di Alma aleggiava ancora nella sua mente.
Il suo nome significava anima.

16
I templi Maya

Quella mattina alle sei il caldo già pesava, un caldo umido che faceva sudare e appiccicava gli abiti alla pelle. Franco seguiva il servitore indio lungo i corridoi di *El Tempio*. Quel giorno il dottor Hansen gli avrebbe fatto da guida nella zona degli antichi templi Maya. Ma, nonostante l'amichevole accoglienza, Franco avvertiva di essere tenuto in qualche modo a distanza dal medico e dai suoi assistenti. Esistevano misteri e segreti in quella villa ai confini del mondo, che forse Franco era meglio ignorasse.
La musica di Wagner echeggiava trionfante dallo studio. L'indio bussò con discrezione e aprì la porta, facendosi da parte. Hansen era seduto su una poltrona di vimini, con gli occhi chiusi e l'espressione assorta, del tutto immerso nella musica. Era l'ouverture del *Parsifal*. Franco distinse accanto al grammofono altri dischi del musicista tedesco, *Il crepuscolo degli dei*, *La cavalcata delle Valchirie*, *Sigfrido*. Poi il medico si riscosse e sorrise al suo ospite, alzandosi in piedi.
«Apprezzo la tua puntualità» disse stringendogli la mano «Andiamo. Gli altri ci stanno aspettando.»

Camminavano a passo sostenuto ormai da più di due ore. Franco guardava con ammirazione Hansen, che non mostrava alcun segno di stanchezza. Sentendosi osservato, il medico si voltò verso di lui e con la mano disegnò un cerchio per mostrare il luogo che li circondava. Un rigoglioso e intricato insieme di vegetazione che agli occhi di Franco, complice il caldo umido tropicale, dava un senso di claustrofobica oppressione. Hansen commentò: «Qui la natura è selvaggia e crudele. Esistono solo la selezione, la sopravvivenza e la specie. Non c'è spazio per nient'altro al di fuori di questo.»

Franco rispose, tergendosi il sudore che gli colava abbondante dalla fronte: «Non credo che riuscirò mai ad abituarmi a questo clima. Comunque è vero, meraviglia e spietatezza è ciò che avverto in questi luoghi per me ignoti.»

La fitta giungla cominciava a diradarsi e il gruppo composto da Hansen, Franco, Manfred e due indios che aprivano la strada, si trovò d'improvviso davanti a una sorta di enorme anfiteatro dove si ergevano i maestosi e giganteschi templi Maya. Franco guardò meravigliato un'altissima piramide che si innalzava su un centinaio di enormi gradini fino alla sua sommità, costituita da una semplice costruzione simile a una terrazza sormontata da un grande giaguaro in pietra. Il basamento del tempio era formato da un lungo serpente, al cui centro si stagliavano le due teste del rettile che si fronteggiavano con le fauci spalancate. I gradini erano invece ornati di bassorilievi raffiguranti teschi e ossa. Hansen invitò Franco ad avvicinarsi, mentre Manfred e i due indios rimanevano ai margini della giungla. Il medico tedesco indicò la piramide: «Questo è il Tempio del Giaguaro, un luogo magico dove si celebravano sacrifici umani in onore degli dei.»

Quindi rivolse l'attenzione del suo ospite verso altre due costruzioni che risaltavano ai lati del tempio: un grande pozzo e un edificio circolare sovrastato da un'alta torre, fregiato di maschere in pietra di animali selvaggi.

«Quello è il Pozzo dei Sacrifici, così chiamato perché in periodi di siccità alcune donne vi venivano gettate dentro per chiedere alle divinità un'annata favorevole. Se riemergevano venivano colpite sulla testa e quelle che riapparivano dall'acqua dicevano di aver visto gli abitanti degli abissi e come questi avevano risposto alle loro domande. La torre invece era destinata alle osservazioni astronomiche.»

Franco contemplava quelle maestose costruzioni, senza parlare. Hansen lo osservava, evidentemente soddisfatto di quel silenzio. I muti giganti di pietra erano gli unici testimoni di quel momento metafisico. Camminavano lungo la base del tempio quando Franco si fermò, alzando lo sguardo verso la cima. Disse al suo interlocutore: «Che strano destino quello dei Maya. Un popolo che aveva costruito un impero e che poi è andato distrutto, come gli Aztechi...» Hansen replicò: «Ma hanno conosciuto lo splendore della gloria e guidato il proprio destino. Anche io ho costruito il mio destino con le mie stesse mani. La vita non perdona la debolezza. Bisogna essere veri e pochi ne sono realmente capaci.»

Ancora una volta le parole del *gringo* vecchio avevano catturato Franco, che replicò: «Bisogna anche essere veramente liberi per compiere il proprio destino.»

Hansen posò paternamente una mano sulla spalla dell'altro.

«La vera libertà consiste nel compiere ciò in cui si crede a qualsiasi costo. È questa la mia missione. Niente avviene per caso, neanche il tuo arrivo qui. Se non ci fossi io, tu non esisteresti. Mi sei stato affidato e ora sei come un figlio per me.»

Gli occhi azzurri dell'anziano tedesco erano fissi in quelli di Franco, che si sentiva ipnotizzato dallo sguardo di Hansen e avviluppato dai suoi concetti filosofici.

Il Tempio del Giaguaro incombeva su di loro, con la propria solenne maestosità.

17
Cerimonia di sangue

Juana, con il proprio consueto fare autoritario, introdusse sei giovani indigene in un lungo bagno dove c'erano alcune docce. Lasciò le ragazze alle cure di due anziane donne e si eclissò. A un ordine di una delle vecchie le giovani si spogliarono e, divertite da quell'insolita giornata, ridacchiando tra loro si misero nude sotto il getto delle docce. Poi le due vecchie cosparsero i loro corpi e i capelli di oli essenziali. Al termine di tutte le abluzioni fecero bere alle sei indigene una pozione verdastra. Quindi le scortarono lungo un corridoio, fino a quando il breve corteo si arrestò davanti a una massiccia porta di ferro. Fu Juana ad aprirla e le ragazze vennero fatte entrare in uno stanzone disadorno, ad eccezione di un'ampia vasca vuota. D'improvviso davanti a loro apparve Greta. Indossava soltanto una vestaglia nera di foggia orientale, con un drago rosso disegnato sulla schiena. Osservò attentamente le prescelte e sorrise compiaciuta. Le ragazze, già sotto l'effetto delle droghe che avevano bevuto, si trovavano in uno stato di estrema euforia. Ridevano e scherzavano davanti a Greta, come se fosse una loro amica. Poi, una dopo l'altra, scivolarono sul pavimento prive di sensi. La contessa scambiò con Juana una rapida occhiata d'intesa. E Juana si mise all'opera. Afferrò saldamente una giovane

india e tramite grossi ganci conficcati nelle caviglie l'appese a testa in giù su una struttura di ferro che si trovava esattamente sopra la vasca. L'india si svegliò urlando per l'atroce dolore. Poi, armata di coltello, Juana recise la gola e i polsi della vittima. Il sangue iniziò a colare copioso. Greta guardava, febbricitante. Le altre cinque condannate subirono lo stesso spietato destino.
Quando anche la sesta ragazza venne accoltellata, con uno sguardo trasfigurato la contessa Greta Bruckman lasciò cadere a terra la vestaglia e si immerse nella vasca, ricevendo sul suo corpo nudo il sangue ancora caldo dell'ultima vittima. Juana la guardava, adorante. Greta chiuse gli occhi e completamente irrorata di sangue si abbandonò a quell'estasi delirante. Con mosse agili e precise, Juana staccò il corpo senza vita dai ganci e lo depose accanto agli altri. Poi fissò la sua padrona, in attesa di ordini. Non dovette aspettare molto. Come una spaventosa divinità sanguinaria, Greta uscì dalla vasca e la richiamò a sé con uno sguardo colmo di desiderio. L'altra la raggiunse, liberandosi in fretta degli abiti.
I loro corpi si sfiorarono e subito si unirono, in un travolgente crescendo erotico.

18
Il coraggio di Alma

Alma aveva deciso. Non poteva più aspettare. Sapeva di rischiare la vita, ma doveva liberare sua sorella a tutti i costi. Questo pensava, mentre si inoltrava nella giungla intricata. Si rendeva conto che gli uomini del sergente l'avevano deliberatamente lasciata fuggire e questo la inquietava, perché sapeva che loro erano niente rispetto ai mercenari di Carlos o agli indios agli ordini del *gringo* vecchio. Aveva paura, ma la volontà di liberare Pilar era più forte della paura. E poi c'era Franco, un uomo tormentato che l'aveva affascinata, in un imprevisto e stupendo incontro d'amore. Lui era già lì, al Tempio, con il dottore. Forse l'avrebbe aiutata. In ogni caso Alma intendeva contare solo sulle proprie forze. Intanto era entrata nel territorio di Hansen, una zona proibita che si estendeva dalla giungla fino al rifugio del medico tedesco. Alma procedeva guardinga nel proprio itinerario, evitando sabbie mobili, attraversando macchie di vegetazione inestricabile, superando colossali tronchi d'albero. Gli stivali che la giovane donna calzava calpestavano il suolo con vigore, mettendo in fuga volatili e scimmie: il percorso era lungo e difficile, ma Alma non si scoraggiava. Non aveva avuto la possibilità di procurarsi una imbarcazione per attraversare il fiume, così era stata costretta ad addentrarsi nella giungla compiendo un tragitto molto più lungo. Dopo aver costeggiato una palude abitata da voraci *piranha*, Alma si trovò improvvisamente in mezzo a un cimitero indigeno, tra maschere tribali, feticci e totem piantati nel terreno. E in quel momento sentì echeggiare in lontananza il ritmo di tamburi e alte grida di incitamento. Gli indios erano in caccia. L'avrebbero catturata, non aveva dubbi, ma andò ugualmente avanti. Fatte poche centinaia di metri fu però costretta a fermarsi, perché il fiume che scorreva accanto al suo passaggio diventava sempre più impetuoso e davanti a lei si scorgevano tra gli alberi le rapide. Non aveva altra scelta che provare a ritornare indietro e tentare in un'altra direzione. Alle sue spalle scoppiarono d'improvviso le urla selvagge dei suoi inseguitori. Alma iniziò a correre a perdifiato, cercando di mettere più distanza possibile tra sé e gli indios. Si trovava nuovamente vicino alla palude quando il suo cammino sullo stretto sentiero venne ostacolato da un grosso e minaccioso serpente. Per evitarlo, conoscendo la pericolosità di quei rettili, Alma perse l'equilibrio e rotolò lungo un pendio riuscendo a fermarsi soltanto al limitare della palude. Dall'acqua putrida, con un grido stridulo, emerse di colpo un indio gigantesco armato di *machete*. Alma arretrò, sottraendosi alla stretta del gigante, e si arrampicò verso il sentiero. Riprese a correre, disperatamente. Ormai era chiaro che il suo piano per arrivare al Tempio era naufragato. Era stata individuata e avrebbe dovuto inventare qualcosa di diverso per riuscire a liberare Pilar, sperando che Hansen non avesse progetti anche su di lei. Sentiva gli indios che si avvicinavano alle sue spalle, ma anche davanti a lei. L'avevano intrappolata. Stremata, Alma cercò di infilarsi in una macchia di vegetazione dove potersi nascondere, ma due indios armati di lance le sbarrarono la strada. Ansimante, si addossò contro un albero, mentre il gigante e i due indios la circondavano. Poi, dal fitto della giungla, comparvero Carlos e altri indios. Sorridendo di scherno il capo dei mercenari guardò la giovane donna in suo potere e diede un ordine con un deciso gesto. Due uomini afferrarono saldamente Alma, che fronteggiò i suoi avversari senza paura.

Accompagnata soltanto da Carlos, Alma venne condotta in piscina al cospetto del dottor Hansen. L'anziano medico tedesco era seduto su una poltrona di vimini e in piedi accanto a lui c'era Greta, che giocherellava con il frustino. A un cenno del capo di Hansen, Carlos si allontanò, dopo aver salutato militarmente. Trascorsero lunghi attimi di silenzio. Il *gringo* vecchio osservava Alma con uno sguardo benevolo. Greta la squadrava gelidamente. Alma sosteneva imperturbabile gli sguardi di entrambi. Poi il vecchio nazista parlò: «So chi sei, Alma. E so anche perché hai voluto arrivare fino a qui. Sei coraggiosa e ti ammiro... ma sai che non potrai più tornare indietro. Nessuno è mai andato via da qui, senza la mia precisa autorizzazione...»
La risposta della prigioniera fu rapida.

«Non ho nessuna intenzione di andarmene.»

Hansen sorrise: «Perfetto! Potrai essermi utile come medico, qui e al villaggio.»

Il bel volto di Alma si incupì.

«Se posso aiutare la mia gente lo farò volentieri, ma non intendo essere complice dei suoi esperimenti.»

Hansen continuava a sorridere, quasi paternamente.

«Ritengo invece che la tua presenza potrebbe rassicurare le ragazze che adopero per le mie ricerche...»

Alma non riuscì a trattenere la propria rabbia.

«Lei è un mostro! Come può essere così crudele! Quelle ragazze che tiene segregate sono innocenti!»

Il medico smise di sorridere.

«Innocenti? Nessuno è innocente! La loro vita è destinata a una causa superiore. Ne dovrebbero essere fiere. E anche tu!»

Alma mormorò tra sé "pazzo", ma ai suoi interlocutori quella parola non sfuggì.

Greta avanzò minacciosamente verso di lei, alzando il frustino.

«Come osi, puttanella!?»

Ma Hansen la fermò, con una risata divertita.

«Lasciala stare, Greta.»

Poi tornò serio.

«Non sono pazzo, ma l'artefice di una nuova razza che presto dominerà il mondo intero!»

Alma comprese che doveva tacere e assecondare il medico tedesco, altrimenti non avrebbe potuto muoversi liberamente nel Tempio. Chinò la testa e rispose: «D'accordo.

Sono sua prigioniera e lavorerò per lei.»
Greta la fissò, diffidente. Hansen si alzò.
«Molto bene. Sarai una prigioniera speciale, in qualche modo "libera". Ci rivedremo presto.»
Quindi il *gringo* vecchio le volse le spalle e scomparve all'interno della villa.
A un comando di Greta comparve una giovanissima india, che prese per mano Alma.
Sentendo su di sé lo sguardo ostile di Greta, Alma si lasciò condurre verso la zona dei bungalow. Stava per entrare in quello che le era stato assegnato, quando vide un uomo uscire da un altro alloggio.
Era Franco.

19
Fiore scarlatto

Un soffio di aria calda si levava nel patio di *El Tempio*. Hansen era seduto su una poltrona e davanti a lui erano schierate alcune ragazze giovanissime, sorvegliate da Juana. I gelidi occhi azzurri del medico tedesco osservavano attentamente le indigene, fino a quando il suo sguardo si fermò su un'india dalle forme ancora acerbe. Fece un gesto a Juana, che si avvicinò. Hansen indicò la ragazza e la meticcia accennò un sorriso di approvazione.
«Soledad. Un altro splendido fiore per il suo giardino... peccato che sia nato nel fango!»

Nel suo studio il *gringo* vecchio era seduto davanti a un tavolino, avvolto in una vestaglia di seta nera. Era intento a finire la preparazione di una miscela di funghi *peyote* triturati e uniti ad altre sostanze lisergiche, che poi versò in una tazza di acqua calda. Hansen chiuse gli occhi e iniziò a sorseggiare l'infuso.
I piedi nudi di Soledad percorrevano il corridoio che conduceva allo studio. La giovane india si fermò davanti alla porta, esitante, poi bussò leggermente. Non ci fu risposta.
Hansen fissava alcuni suoi dipinti appesi a una parete: ragazze nude con i corpi e i volti accostati o a tratti ce-

lati da fiori dai colori sfavillanti e da animali selvaggi. Agli occhi estatici dell'anziano nazista quelle figure parevano animarsi e protendersi sensualmente verso di lui. Lo sguardo del medico tedesco lasciò i quadri per posarsi su una fotografia in una semplice cornice di legno, accanto al tavolo. Vi era ritratta in bianco e nero una giovane e bella donna. Un'ombra di triste nostalgia calò su di lui. Gli occhi divennero dolci e una mano accarezzò lieve la foto.

Soledad bussò ancora e questa volta la voce incerta e impastata del dottore, riscosso dalle sue fantasticherie, le disse di entrare. L'india aprì la porta e rimase sulla soglia, imbarazzata. Hansen, in piedi vicino alla finestra, si voltò verso di lei.

«Entra, cara, e chiudi la porta.»

La ragazza eseguì. Lo sguardo indagatore dell'uomo la studiò. I lunghi capelli neri ancora umidi dalla doccia. Gli occhi scuri e profondi. La bocca carnosa. I denti piccoli e bianchi. Il corpo nudo che si intravedeva sotto il leggero vestito di cotone bianco che indossava. I piedi scalzi. Quando l'esame terminò, Hansen aveva un'espressione soddisfatta. E famelica. Sorridendo, con un gesto invitò Soledad ad avvicinarsi.

Mormorò, tra sé: «Il piacere e l'innocenza. Entrambe bisogna averle, non cercarle. Ma il piacere è più profondo della sofferenza...»

La giovane india attendeva, silenziosa. Non mostrava di aver sentito, né compreso quelle criptiche parole. Hansen le indicò il divano di vimini.

«Adesso spogliati e sdraiati lì.»
Soledad fece scivolare sul pavimento la sua veste e si accomodò sul divano, mentre il medico sedeva dietro il cavalletto dove era appoggiata una grande tela bianca. Hansen guardò l'india e si alzò per sistemarla meglio, allungata di fianco, con i capelli sciolti sulle spalle. L'ammirò, contento del risultato. Soledad rimaneva sempre in silenzio. Il *gringo* vecchio le accarezzò il viso.
«Non devi avere paura di me. Ora farò il tuo ritratto, sai? Devi solo rimanere ferma.»
Hansen cominciò a dipingere. Tratti di pennello si formavano rapidi e precisi sulla tela. Come le era stato detto, Soledad non si muoveva. Sul bianco nasceva l'immagine della ragazza, tra giganteschi fiori scarlatti e un felino dalle zanne ricurve. Hansen sembrava in preda a una febbre crescente. In quel momento non era più lui, lo scienziato dedito a esperimenti scientifici estremi, l'ufficiale temuto, il leader indiscusso di quel luogo dimenticato dal mondo. Ma era soltanto un uomo, travolto da uno stato di alterazione dovuto alle droghe e ai propri sfrenati desideri erotici. Quei segni che tracciava sulla tela per lui erano come flash accecanti scaturiti dal profondo del suo essere, in un'esaltazione senza limiti. Si fermò di colpo, ansimante, davanti alla tela. Ogni cosa ruotava attorno a lui, in un caleidoscopio impazzito. Si avvicinò a un ambiente schermato da una tenda di cotone grezzo, che aprì, rivelando un semplice letto di bambù. Vi si lasciò cadere, esausto, e con un gesto chiamò a sé Soledad. L'india docilmente lasciò il divano e raggiunse il *gringo* vecchio.

Rimase accanto a lui, nuda, in attesa di ordini. Hansen si liberò della vestaglia e si mise disteso a pancia sotto. A questo punto Soledad sapeva cosa fare. Da un mobiletto accanto al letto prese un piccolo flacone di vetro e versò sulle mani un unguento incolore. Quindi iniziò a massaggiare delicatamente la schiena del dottore tedesco, che chiuse gli occhi. Era un massaggio dolce, che accendeva la fantasia carnale di Hansen, inebriato dal profumo selvaggio che emanava il corpo dell'india. Al chiarore lunare la pelle bianca e grinzosa del vecchio contrastava con quella ambrata e vellutata della ragazza. Eppure con quella giovanissima amante Hansen si illuse di essere anche lui giovane e puro, mentre un'energia mai sopita percorreva il suo corpo. Dopo alcuni lunghi momenti, deliziato da quel tocco leggero e sapiente, l'uomo si girò e attirò tra le sue braccia la giovanissima india. Soledad si lasciò andare a quell'abbraccio sinuoso e lascivo, perché in quel modo era certa di essere privilegiata rispetto alle altre ragazze. E di avere salva la vita.

20
La fuga

Sogni angoscianti non abbandonavano mai Franco, che ancora una volta si svegliò con un sobbalzo, madido di sudore. Immagini caotiche si erano affastellate in quell'ultimo sogno: Isabel e Alma in una città sconosciuta, entrambe in pericolo, mentre lui non riusciva a raggiungerle e a proteggerle. Poi la visione onirica proseguiva in una stanza asettica, dove Hansen effettuava una trasfusione di sangue a una giovane india. E quelle due figure, il *gringo* vecchio e la ragazza, si erano fissate indelebili nella mente di Franco. Agitato, senza conoscerne esattamente il motivo, scostò la sottile tenda e guardò fuori. La notte ai Tropici arrivava d'improvviso, come d'improvviso svaniva. Mancavano ancora un paio d'ore all'alba. Franco non poteva fare a meno di pensare al suo ospite. Aveva ormai raggiunto la consapevolezza di trovarsi di fronte a un genio. E a un pazzo. Perché solo una lucida follia avrebbe potuto concepire un disegno così razionale e al tempo stesso così perverso come quello ideato dal dottor Albert Hansen. Era anche un vampiro, come il sogno suggeriva. Un vampiro scientifico, ma pur sempre un vampiro. Franco ascoltava la musica del *Parsifal* di Wagner echeggiare dallo studio di Hansen. Se al posto del *Parsifal* ci fosse stato un inno nazista, sarebbe risultato meno assurdo. C'era qualcosa di profondamente sbagliato in quel luogo immerso nella giungla, fuori dal tempo e dalla realtà. Qualcosa che non riusciva a comprendere nella sua interezza, ma che lo precipitava in un'ansia incontrollabile. La luna piena splendeva nel cielo nero. Ad un tratto Franco vide una donna affacciarsi nuda da un bungalow, che come il suo dava sulla piscina. Era Greta. Un istante dopo lei scavalcò agilmente la finestra e avanzò verso il bordo della piscina. A Franco sembrava un grande felino. Greta si tuffò con eleganza, seguita dallo sguardo inquieto di Franco.

Per quella notte Franco aveva rinunciato a dormire. Vestitosi in fretta, lasciò il suo alloggio. Nel cielo nero profondo una luna opaca. In piscina, nessuno. Greta era sparita, come un fantasma. Franco vagò senza meta tra il patio, la piscina e i vari bungalow.

Alma levò i sandali e sfilò i vestiti. Uscì nuda, portando con sé un telo bianco. Si stese sul telo, davanti al patio. Lo spazio sembrava dilatato, le stelle più lontane, luci flebili nel nulla. Un brivido le increspò la pelle. Le piante intorno parevano allungarsi verso di lei per sfiorarla, i fiori aprirsi frementi, con profumi che l'avvolgevano completamente. Chiuse gli occhi.
Davanti a un bungalow una figura femminile attirò l'attenzione di Franco. Incuriosito si avvicinò, pensando fosse ancora Greta. Sdraiata nuda sull'erba c'era Alma. Ma non dormiva. Era girata dalla sua parte e gli occhi erano

aperti, perduti in un altrove che solo lei conosceva. Gli sguardi si incontrarono immediatamente e loro due corsero ad abbracciarsi in maniera convulsa, in silenzio. Poi Alma sussurrò. «Stavo sognando di te a occhi aperti. Ti avevo visto e ti aspettavo. Sapevo che saresti venuto da me. Temevo di averti perduto, qui, in questo posto orribile. Ma qualcosa di importante è sempre dalla nostra parte.» Franco rispose, emozionato da quell'incontro inaspettato. «Adesso che ti rivedo ogni cosa mi appare nel suo vero aspetto. Devi andare via da qui. Subito.» Alma si strinse ancora di più a lui. «Quando mi appari vedo sempre quella meravigliosa luce dell'anima. La luce ha bisogno del buio per riconoscersi. Che questo nuovo giorno sia la nostra rinascita». Franco non si era ancora abituato alle frasi esistenziali della giovane donna e trattenne a stento l'impazienza. «Devi fuggire! Adesso!». Lei replicò, con un moto di angoscia: «Pilar! Non posso andare via senza di lei!» Lui rispose, concitato: «Non c'è più tempo, Alma! Non preoccuparti, penserò io a lei». Alma assentì e corse nel suo bungalow, emergendone pochi istanti dopo vestita. Franco la prese per mano e silenziosamente percorsero l'area del Tempio, fino a raggiungere il suo limitare: da una parte si stendeva la giungla oscura, dall'altra sorgeva il piccolo *pueblo* degli indios. Alma abbracciò Franco, mormorando: «Tornerò a prenderti». Poi, senza esitare, diresse i suoi passi verso la giungla e lui la seguì con lo sguardo fino a quando la vegetazione la inghiottì.

Franco tornò verso il suo bungalow, colto da cupi pensieri, senza accorgersi di una sagoma nascosta nell'ombra. Un uomo lo osservava, con uno sguardo carico di odio. Manfred.

Le primi luci dell'aurora sorpresero Alma nel pieno della giungla intricata. Era costretta a farsi largo attraverso un fitto strato di vegetazione, che le graffiava la pelle e lacerava i vestiti. Percorrendo con difficoltà quel manto verde, veniva avvolta dal forte profumo di fiori, che contribuiva a creare una sensazione straniante e soffocante. Alma ignorava se la sua fuga fosse già stata scoperta, ma avrebbe voluto comunque rifugiarsi in un luogo sicuro e attendere che gli eventuali inseguitori sospendessero le ricerche. Oltrepassato quel lungo tratto, la giungla d'improvviso divenne più rada e consentì un cammino più facile. Poi il passaggio venne ostacolato da un gigantesco albero abbattuto, interamente ricoperto di fogliame rampicante. Subito dopo l'albero, in parte mimetizzato tra le piante intrecciate, la fuggitiva scorse l'ingresso di una caverna. In breve la raggiunse e vi penetrò. Era un'ampia caverna ornata da stalattiti e stalagmiti, che sembrava perdersi in dedali invisibili. Una frotta di pipistrelli, disturbati dal suo arrivo, si alzò d'improvviso in volo facendo trasalire la giovane. Impadronitasi di un ramo gli diede fuoco con l'accendino, l'unico oggetto che aveva preso con sé, e la luce della torcia rischiarò debolmente il tenebroso ambiente. Cercando di orizzontarsi, Alma sentì in lontananza il rumore di acqua corrente. Ne individuò la provenienza e si inoltrò in uno stretto cunicolo. Camminava con circospezione rasentando umide rocce e facendo attenzione a non inciampare lungo quel sentiero sdrucciolevole. Lo scroscio dell'acqua si faceva più vicino: doveva esserci un corso d'acqua a breve distanza. I passi attenti di Alma proseguirono nella semioscurità della caverna, fino a quando il cunicolo sbucò sul greto di un fiume sotterraneo che scendeva verso una fenditura delle rocce. Lasciatasi alle spalle la claustrofobica caverna, la donna respirò a pieni polmoni e iniziò a camminare sul bordo, seguendo la corrente. Fu un percorso più semplice rispetto a quello già intrapreso ed era inoltre facilitato dalla tenue luce del giorno che proveniva dalla fenditura. Alma, sudata e con gli abiti macchiati e lacerati nella sua fuga, arrivò davanti all'apertura tra le rocce che il fiume attraversava. Era un passaggio angusto, ma con movimenti sicuri riuscì a introdursi per poter passare dall'altra parte. Camminando cautamente tra i sassi, emerse infine all'aria aperta, ritrovandosi ancora nella grande giungla. Costeggiò il fiume e, trovato un passaggio dove l'acqua era poco profonda, si inoltrò nuovamente nella foresta vergine. Non dovette camminare a lungo perché, d'improvviso, la vegetazione che la attorniava si diradò e Alma emerse davanti alle imponenti rovine di un tempio Maya. Stupita, avanzò di qualche passo e contemporaneamente comprese che non era più da sola: tra i ruderi invasi dal fogliame erano apparsi diversi uomini armati di *machete* e fucili. Tra loro Alma riconobbe due ragazzi di San Cristobal, che si sbracciavano per salutarla. Era in salvo.

I fuochi dei falò ardevano nella radura del tempio. Alma, seduta tra un anziano e un giovane indio, ammirava le danze scatenate di alcuni uomini armati di coltelli e lance e con il volto coperto da maschere di animali. Attraverso i bagliori delle fiamme i danzatori sembravano assumere un aspetto surreale, come se fossero incarnazioni di antiche divinità ritornate sulla terra per fare giustizia. Perché era di questo che si trattava. Alma distolse lo sguardo e si rivolse all'uomo anziano: «Quanti uomini conta la tua banda?». Il vecchio indicò il ragazzo che sedeva vicino a lei. «Devi chiedere a Ramon». Poteva avere diciotto, al massimo vent'anni. Sguardo fiero, aperto. Un guerriero. Fu lui a rispondere: «Trenta. Ma presto a noi si uniranno gli indios del *pueblo* vicino alla casa del *diablo*».
«Parli di *El Tempio*? Dove vive *el gringo viejo*?» chiese la donna. Con un sorriso Ramon rispose: «Sì. Ma non vivrà ancora per molto».
E nel bagliore irreale di quelle fiamme guizzanti Alma comprese che forse insieme potevano veramente sconfiggere il dottor Hansen.

21
La rivelazione

Il giorno successivo alla fuga di Alma trascorse in una singolare tranquillità. Ma Franco avvertiva in quella stagnante atmosfera qualcosa di negativo, che lo riguardava da vicino. Per tutta la giornata non aveva visto il dottor Hansen e neanche Manfred. Aveva intravisto da lontano Greta, che si allontanava a cavallo da *El Tempio*. Franco scese giù al *pueblo*, come faceva spesso, ma lo trovò stranamente deserto. Alcune finestre si chiusero al suo passaggio. Girovagò senza meta e al ritorno incontrò Juana, con cui condivise una silenziosa e frugale cena nella grande cucina della villa. Di nuovo da solo nel suo bungalow, Franco iniziò a riflettere.

Una volta Hansen era stato un uomo, sì, un uomo *nuovo*. Poi, dopo la sconfitta, era rinato e aveva creduto di ricostruire un potere assoluto creando un suo piccolo impero in quel luogo ai confini del mondo, dove era considerato una sorta di divinità. Ma i sogni di grandezza di un tempo si erano trasformati in un abisso di mostruosità e perversioni. Le idee di Hansen erano chimere, aspirazioni pazzesche, nel tentativo di replicare gli esperimenti che aveva compiuto in Europa. Il suo assurdo intento era quello di dimostrare la propria genialità, oltrepassando ogni limite per creare esseri umani perfetti. Adesso Franco comprendeva che quel microcosmo era la proiezione della fantasia malata che ancora animava il suo ospite. Non poteva continuare a essere in qualche modo complice del dottor Hansen. Aveva avvertito fin da subito l'estrema fascinazione che il medico tedesco esercitava su di lui e aveva pensato che proprio in quell'uomo fossero risposti i suoi stessi ideali. Ma la maschera era caduta e dietro c'era soltanto il volto di un individuo folle e spietato.

Franco era da tempo immerso in un agitato dormiveglia quando uno schiocco improvviso lo svegliò. Nel riquadro della finestra, in parte rischiarata dalla luce lunare, vide una sagoma femminile che pareva protendersi verso di lui. Franco scattò in piedi e, così come era arrivata, la figura sparì. Indossò pantaloni e scarpe e la seguì nel buio. Era senz'altro una donna ma camminava in modo bizzarro, muovendosi come un felino. Aveva lasciato la struttura di *El Tempio* e si dirigeva verso un capannone isolato, dove poco dopo scomparve. Franco, spinto da una irrefrenabile curiosità, entrò a sua volta. Lo spettacolo che vide, al flebile chiarore di alcune lanterne, lo raggelò all'istante. Nel grande stanzone si stagliava una serie di gabbie di metallo, all'interno delle quali giaceva una ventina di individui. Alcuni di loro gli parvero come una grottesca imitazione dell'essere umano, uno spaventoso ibrido tra l'uomo e la scimmia. In una gabbia non ermeticamente chiusa gli sembrò di riconoscere la donna felina che era penetrata nel suo bungalow. Gli altri prigionieri erano deformi, mutilati e storpiati: gli esperimenti falliti del dottor Hansen. Si erano accorti della sua presenza e si alzarono tutti in piedi, con le mani attaccate alle sbarre delle gabbie. Lo fissavano, con sguardi colmi di terrore e disperazione. Quelle infelici creature iniziarono a emettere grida lancinanti, insieme a versi gutturali e parole incomprensibili. Un coro spaventoso avvolse Franco, che non riusciva ancora a riprendersi dalla sua incredulità. D'istinto, si accostò alla gabbia più vicina e provò a scuoterla, ma era chiusa ermeticamente. Gli occhi dei prigionieri parevano implorarlo. Poi una voce echeggiò improvvisa alle sue spalle: «Lurida spia!». Franco si voltò, ma non fece in tempo a evitare il calcio del fucile di Manfred che si abbatteva sulla sua testa. Crollò a terra, mentre un'altra persona sopraggiungeva. Hansen. Sentì le sue parole come in un'eco lontana. «Mi hai profondamente deluso, Franco. Avevo grandi progetti su di te, ma hai rovinato tutto. Avrai modo di riflettere sulle tue azioni sconsiderate e inutili».

Poi un nero sipario scese su di lui.

22
Prigioniero

Quando Franco aprì di nuovo gli occhi in un primo momento vide soltanto ombre confuse e tremolanti, poi le immagini apparvero gradualmente in maniera più nitida. Erano tutti davanti a lui, che si trovava ancora per terra, nel capannone. Hansen. Manfred. Greta. Nei loro occhi si leggeva disprezzo e odio. Un indio muscoloso lo aiutò ad alzarsi, tenendolo fermo per le braccia. La voce del dottor Hansen iniziò a echeggiare nel vasto capannone: «Per studiare la natura non bisogna avere scrupoli. Di nessun tipo. Il mio obiettivo è controllare la genetica». Fece un gesto circolare a indicare le gabbie dei deformi e proseguì: «Ho iniettato in animali un siero con geni umani e geni animali in uomini e donne. Ma tu non puoi comprendere». Franco reagì, fuori di sé: «Tutto questo è mostruoso! La scienza non richiede simili atrocità. Se esiste un Dio lei un giorno dovrà rendere conto del suo operato, dato che alla giustizia terrena è riuscito a sfuggire».
Hansen rise, imitato da Greta e Manfred. Poi tornò serio e fissò il suo prigioniero con uno sguardo glaciale. «Dio? Dio è morto! Ora vogliamo che l'Oltreuomo viva! Tu non credi a niente e a nessuno. Non conosci il significato

di onore, ordine, fedeltà. Sei solo un anarchico fuggito dal caos del tuo paese per rifugiarti in un mondo che non ti appartiene, né ti apparterrà mai. Portatelo via».
L'indio e Manfred afferrarono Franco e lo trascinarono fuori dal capannone.

Legato a un palo davanti alla piscina, sotto un pallido sole che cominciava ad apparire, Franco pensava che la sua era stata una graduale discesa agli inferi, dopo l'inebriante vertigine che l'aveva avvolto nel momento in cui aveva incontrato il dottor Hansen. Era così precipitato in un maelstrom da cui non era stato in grado di sottrarsi o non aveva voluto. Poi a *El Tempio* era arrivata Alma e con lei aveva riscoperto se stesso. Ma adesso avrebbe pagato caro quello che *el gringo viejo* considerava un imperdonabile tradimento: aveva aiutato Alma a fuggire ed era entrato dove non sarebbe dovuto mai entrare. Probabilmente lo avrebbero ucciso e il suo corpo sarebbe stato dilaniato dal giaguaro o da qualche altra belva feroce. Era consapevole di non avere nessuna possibilità di salvezza. Solo un miracolo avrebbe potuto sottrarlo a una morte certa. Su una cosa però Hansen aveva ragione: lui era un fuggitivo che si trovava in una terra selvaggia e crudele, che non gli apparteneva. Vinto dalla spossatezza e dalla fatica di quelle ultime ore, Franco finì per addormentarsi. Sognò di essere a Parigi con Isabel. Nessuno lo cercava più, nessuno voleva ucciderlo. Passeggiavano insieme in un parco, poi improvvisamente iniziò un furioso temporale e allora si rifugiarono sotto la tettoia di un chiosco. Isabel lo guardava senza parlare, ma non era più lei. Era Alma. Qualcosa lo portava via da lei, una forza invisibile e mostruosa, a cui non poteva opporsi in alcun modo. La figura di Alma rimpicciolì sempre di più e Franco si svegliò di colpo con un grido soffocato.

Era sempre legato al palo e ora il sole era diventato rovente. Si guardò attorno. Domestici vestiti di bianco allestivano una lunga tavolata con tovaglie e stoviglie. Si preparava un banchetto, a cui Franco sarebbe stato costretto ad assistere. Una ragazza india, quasi una bambina, gli si avvicinò con una caraffa d'acqua e lo fece bere. Poi corse via, prima che qualcuno si accorgesse del suo gesto. In parte ristorato, Franco cercò con lo sguardo Hansen o un altro dei suoi collaboratori, ma non vide nessuno. Poi, ancora una volta, un sonno pesante gravò su di lui.

Suoni di tamburi, chitarre e violini lo destarono d'improvviso. Alcuni musicisti suonavano dall'altra parte della piscina e diverse ragazze con costumi tribali danzavano davanti alla lunga tavolata. La cena era iniziata: Hansen sedeva tra Greta e Manfred ed erano presenti anche Juana, Carlos e i suoi mercenari. Svelti inservienti portavano vassoi colmi di carne arrostita, riso, pesce, verdure e tortillas. Ci fu un brindisi tra il medico tedesco e i suoi assistenti, poi Manfred si alzò ghignando con un calice in mano. Era già alticcio. Raggiunse il palo dove era legato Franco e gli gettò in faccia il contenuto del calice. Lui rimase imperturbabile e questo fece infuriare il braccio destro di Hansen. Accostò il suo viso a quello di Franco e sibilò: «Voglio vederti implorare pietà quando il dottor

Hansen avrà deciso la tua sorte!». Poi girò le spalle e si allontanò.

La festa era al suo culmine. Tutti parlavano, ridevano e mangiavano. L'atmosfera era allegra e le danze sensuali delle indigene animavano la serata. Soltanto Hansen non partecipava all'euforia generale: perso in cupi pensieri si limitava a sorseggiare champagne, gettando di tanto in tanto un'occhiata a Franco. Ad un tratto scambiò qualche parola con Greta e si alzò per dirigersi verso l'interno della villa. Con un cenno invitò i presenti a rimanere. La festa proseguì.

23
La furia dei deformi

Notte profonda. Il capannone dove erano rinchiusi gli esperimenti falliti del dottor Hansen era immerso nell'oscurità. Sinuosa e silenziosa come un felino, la ragazza sgusciò dalla sua gabbia e servendosi di un uncino di metallo iniziò a forzare la serratura della gabbia adiacente alla sua. Con un leggero scatto questa si aprì. Alcune grottesche figure emersero dal fondo. La ragazza passò a un'altra gabbia. Era la stessa ragazza che senza volere aveva attirato Franco in trappola, dopo essere penetrata nel suo bungalow.
Ombre contorte si muovevano veloci fuori dal capannone. Tre mercenari di sentinella si passavano una bottiglia di tequila e uno di loro si appartò per urinare. L'uncino saettò sulla sua gola, arpionandolo. L'uomo annaspò nel suo sangue, mentre veniva trascinato a terra da mani rapaci. Alcuni rumori attirarono l'attenzione delle altre due sentinelle, che non fecero in tempo a realizzare quanto stava per succedere. Una massa improvvisa li travolse, le armi che impugnavano caddero e poi ci furono i denti e le unghie a massacrarli.
Franco era sveglio. Si sentiva stanco e indolenzito, ma vigile. C'era solo il silenzio. Vide alcune sagome apparire in fondo alla piscina. Aguzzò lo sguardo. Le ombre si

avvicinavano. Due indios erano di guardia, ignari. Tutto accadde in un lampo. La lama di un coltello recise la gola di un indio da parte a parte. L'altro provò a sparare con il fucile, ma venne disarmato dalla ragazza che, con una spinta, lo gettò addosso ai deformi i quali lo sommersero. Alcuni di loro individuarono Franco e si precipitarono contro di lui. Con un gesto imperioso la ragazza li fermò, quando erano a pochi centimetri. Franco osservò quei volti sfigurati e quei corpi raccapriccianti, quegli occhi in cui esisteva ancora un barlume di umanità. Obbedienti, i deformi si allontanarono. Da lontano la ragazza guardò ancora una volta Franco e poi scomparve nell'oscurità insieme alla sua orda.

Il suono cupo e ossessivo dei tamburi rimbombava nel fitto della giungla. Il chiarore di numerose fiaccole illuminava le rovine di un antico cimitero, al cui centro erano radunati una trentina di indios armati di lance, frecce, coltelli e *machete*. Una vecchia cieca avvolta in un mantello con cappuccio mormorava una incomprensibile litania, con gli occhi chiusi, davanti a una scultura che raffigurava un gigantesco serpente. La vecchia smise di recitare il suo rituale e si alzò in piedi. Il cerchio degli uomini si aprì per farla passare. L'anziana sciamana si arrestò davanti a un uomo legato e riverso al suolo, sorvegliato da due indios. Lo guardò e il prigioniero ricambiò lo sguardo con fermezza. Era Ernesto.
Guidati dalla ragazza felina i deformi avanzarono nella radura del tempio. La ragazza si inchinò con deferenza

davanti alla vecchia, che parlò con voce sottile ma sicura: «Il momento è finalmente arrivato. Ramon sarà qui tra poco. Presto *El Tempio* e il *gringo viejo* non esisteranno più!» La ragazza guardò Ernesto e l'anziana india fece un cenno di assenso. La ragazza felina allora indicò il prigioniero ai deformi, che lentamente iniziarono a stringersi attorno a lui. Gli occhi di Ernesto adesso erano spalancati nel terrore. Poi cominciarono le urla.

24
Attacco a El Tempio

Il *pueblo* era deserto. Come a un segnale convenuto tutti i suoi abitanti avevano radunato le loro povere cose e prima dell'alba l'avevano abbandonato rifugiandosi all'interno. La giungla sembrava muoversi e avanzare verso *El Tempio*. Nascosti e protetti da cespugli e arbusti gli indios insorti, i deformi fuggiti e i ribelli guidati da Ramon e Alma, da tre punti differenti convergevano tutti verso la base del dottor Hansen. Così mimetizzati, Ramon e i suoi la osservarono, individuando sentinelle sul molo e all'ingresso della villa. A un gesto del loro capo i ribelli cominciarono a strisciare sul terreno verso le guardie.
Un uomo di sentinella, posizionato sul molo, accese tranquillamente una sigaretta, dando le spalle al fiume. Improvvisamente dall'acqua emerse un indio armato di coltello, che l'afferrò e gli tagliò la gola in un colpo solo. Poi il ribelle agitò una mano e dalla giungla sbucarono Ramon, Alma e l'intera banda. Avevano il volto coperto da maschere di animali feroci e di demoni.
Una nuova alba nasceva su *El Tempio*, iniziando a illuminare le imponenti statue del giaguaro e del serpente piumato. Franco si destò da un sonno popolato da incubi e appena sveglio si rese subito conto che l'incubo era destinato a proseguire nella realtà. Davanti a lui era schierata

una decina di mercenari armati di fucili, alla presenza di Carlos e Manfred che lo fissavano sorridendo.
«Buongiorno! Sei pronto, guerriero!?» lo apostrofò il tedesco. Franco non rispose. Sapeva di essere arrivato alla fine di quell'assurda avventura iniziata diversi anni prima in Italia, ma non avrebbe dato nessuna soddisfazione ai suoi carnefici. Né tantomeno avrebbe chiesto pietà. Manfred guardò verso l'ingresso della villa, ma non apparve nessuno: Hansen non avrebbe presenziato all'esecuzione di Franco. Carlos stava per dare l'ordine di sparare quando un forte tonfo si sentì a poca distanza da loro. Tutti si voltarono a guardare un oggetto che rotolava. Una testa umana. Quella di Ernesto. Il prigioniero guardò con orrore la testa decapitata del suo amico, che era arrivata quasi fino ai suoi piedi. Nello stesso momento dall'interno dei bungalow partì una serie di dardi che colpirono a morte alcuni uomini di Carlos. Erano le indigene e i domestici della villa che avevano trovato il coraggio di sollevarsi contro gli uomini del *gringo viejo*. Subito dopo una pioggia di frecce si abbatté su Carlos e i suoi. In vita rimasero soltanto il gigantesco nero e Manfred, che corsero a rifugiarsi nella villa. Colpi di fucile e di pistola risuonarono contro i ribelli, che si affrettarono a circondare la villa da ogni lato. Alma, tenendosi al riparo del patio, corse a liberare Franco tagliando le corde che lo legavano al palo. Si abbracciarono brevemente, poi raggiunsero Ramon e gli altri. Urla e altri spari echeggiarono improvvisamente dall'altra parte della villa. Gli indios e i deformi avevano sferrato il loro attacco.

Un gruppo di ragazzine, tra cui Pilar, rinchiuse nei sotterranei in una stanza adiacente al laboratorio, scattarono in piedi ai primi spari lasciando i loro giacigli. Pochi istanti dopo sentirono qualcuno che si avvicinava alla porta e un rumore di chiavi. Pilar e le altre si scambiarono una rapida occhiata d'intesa. La porta si aprì e due indios armati entrarono, ma furono assaliti e atterrati dalle ragazzine. Con la forza della disperazione e la rabbia feroce per tutti i soprusi subiti le piccole prigioniere uccisero le guardie con le loro stesse armi. Poi fuggirono dalla stanza, cercando di orizzontarsi per individuare una possibile uscita quando, d'improvviso, una raggelante risata le paralizzò. Carlos e alcuni suoi uomini sbucarono da un corridoio, comparendo davanti a loro con le armi in pugno. Ma alle loro spalle emersero Ramon, Alma e Franco che gridarono alle ragazzine di gettarsi a terra. L'istante successivo una tempesta di proiettili raggiunse i mercenari. Soltanto Carlos, ferito, riuscì a fuggire saltando da una finestra. Alma corse ad abbracciare Pilar che, finalmente, scoppiò in un pianto liberatorio.

25
La fine del delirio

Ancora una volta era tutto finito. Hansen nella sua stanza radunò in fretta carte e documenti, che infilò in una valigetta. Poi lasciò la stanza, senza guardarsi indietro. Manfred lo attendeva all'idrovolante.

Gli indios fedeli ad Hansen e i mercenari di Carlos erano ormai sopraffatti dagli insorti. Gran parte di loro giaceva senza vita nel patio, in piscina e all'interno della villa. Ovunque lunghe scie di sangue, corpi sventrati da *machete* e coltelli, massacrati da frecce e lance, arti recisi, occhi enucleati. I pochi sopravvissuti si sparpagliarono nel tentativo di raggiungere la giungla, ma vennero raggiunti e uccisi uno dopo l'altro senza pietà. Carlos si ritrovò attorniato dai ribelli su cui scaricò la sua pistola, prima di venire trafitto da una miriade di frecce. Si abbatté al suolo, dove venne raggiunto e fatto letteralmente a pezzi. Juana comprese che c'era qualcosa di peggiore degli indios ribelli. Lo capì appena li vide comparire di colpo davanti a sé, mentre cercava di eclissarsi dal retro della villa. L'orda aberrante dei deformi. Gli esperimenti falliti delle teorie deliranti del dottor Hansen. Figure incurvate, striscianti, orribili. Avanzavano, con occhi crudeli o del tutto inespressivi. Juana colpì con la sua frusta alcuni di loro, ma l'arma le venne strappata via di mano. Tentò la fuga, ma troppo tardi. Era circondata. Mani dalle unghie nere e lunghe simili ad artigli si tesero verso di lei. Juana si difese con i pugni e con i calci, atterrando un paio di loro. Ma venne chiusa in una trappola di corpi atroci, che la ghermirono e la trascinarono al suolo. Sentì la sua carne lacerarsi sotto le unghie e i denti delle mostruose creature. Infine, con una forza immane, un rosso abisso la sommerse.

Non c'era più tempo. Greta doveva affrettarsi a raggiungere l'idrovolante. Camminava tenendosi bassa lungo il patio, dirigendosi verso la salvezza. Poi casualmente il suo sguardo si fermò sulla gabbia del giaguaro: la gabbia era scardinata e il grande felino giaceva immobile sul pavimento. L'assistente di Hansen si guardò attorno. Non c'era nessuno in vista. Lasciò allora il patio e raggiunse la gabbia. Non ci fu bisogno di entrare, perché vide subito le ferite ancora sanguinanti che costellavano il corpo del giaguaro. Con un moto di furore arretrò e fece per riprendere la sua corsa, ma subito si bloccò. Un gruppo costituito dagli esseri deformi e da indios con il volto celato da maschere di animali era silenziosamente apparso davanti a lei, precludendole qualunque via di fuga. Tutti stringevano in pugno coltelli, bisturi e altri strumenti chirurgici. Greta iniziò a gridare in tedesco per il terrore, ma anche con la folle speranza di incutere soggezione nei suoi spaventosi avversari. Non ci riuscì. Estrasse la *luger* e sparò, colpendo un paio di assalitori.

Poi la pistola si inceppò e con un grido di rabbia la scagliò sul volto del primo deforme. Greta arretrò, fino a trovarsi con la schiena al cancello aperto della gabbia. Perse l'equilibrio e cadde al suolo. I suoi nemici le piombarono addosso e le loro armi si sollevarono su di lei, iniziando a colpirla. Il bel volto della donna tedesca divenne presto una maschera di sangue e le sue urla echeggiarono a lungo prima di spegnersi nel grande nulla della sua fine.

L'idrovolante guidato da Manfred si librava nell'aria. Hansen osservava l'incendio che si propagava inarrestabile nella villa: presto *El Tempio* sarebbe stato ridotto a un grande cumulo di fumanti rovine. Manfred osservava il medico, con espressione afflitta: «Che disastro! Tutti questi anni di lavoro perduti per sempre. Dovremo ricominciare tutto da capo...». Il dottor Albert Hansen mise una mano sulla spalla del suo assistente e rispose: «I miei progetti erano immensi e lo sono ancora.»
Poi sorrise. Indecifrabile.

Mentre guardava insieme ai ribelli le fiamme che divoravano *El Tempio*, Franco abbracciato dalla sua donna ignorava cosa sarebbe accaduto l'indomani, quale sarebbe stata la sua vita. L'unica cosa che contava veramente era aver ritrovato la sua Alma.
La sua *anima*.

Indice

Editing, progettazione grafica e copertina:
Alda Teodorani
Stampato da Amazon per CatBooks, Roma

www.ingramcontent.com/pod-product-compliance
Lightning Source LLC
LaVergne TN
LVHW040943150826
845672LV00002B/512

* 9 7 9 8 3 6 6 5 0 5 9 7 0 *